高效工作者必備的秒懂溝通

Writing for Busy Readers
Communicate More Effectively in the Real World

哈佛教授教你輕鬆贏得注意力與信賴

Todd Rogers
泰德·羅傑斯
Jessica Lasky-Fink
潔西卡·雷斯基－芬克
——合著

洪世民——譯

PART 1

吸引讀者

3 明白你的目標

PART 2
高效訊息溝通的六大原則

PART 3

實踐原則

推薦序

注意力經濟時代書寫的第一課：不要浪費讀者的時間

鄭匡寓

結論先行：這本書有用，值得買。

身為運動網站編輯暨文字工作者，多年來與鐵人三項、長跑運動員合作，共管個人臉書粉絲專頁，協助運動員撰寫社群貼文，或是針對行銷案（業配）進行商業型撰寫。我給他們的書寫第一課就是：不要浪費讀者的時間。

書寫者、讀者對文字投入的心力，處於不公平的位置。一篇千字貼文，書寫者可能要花一個小時，但讀者約莫五到十分鐘就能把長篇文讀完。即便如此，讀者願意花十分鐘閱讀，而不是輕易用手指往下一刷、不用三秒就滑過你的大作，這就達到了效果。在注意力經濟時代，不要浪費讀者的時間，要在開頭就先緊抓住讀者的目光。為此，書寫者要懂得運用文字，更甚者，要懂得淺薄的心理學。

文字書寫的本質是傳遞訊息、思維的溝通。然而，談到文字書寫，你會先想到學校國文老師、報紙編輯強調的正確遣詞用字、比喻或排比修辭手法，掌握文采。然後就是行銷、廣告中為了創造Call to Action（行動呼籲）的價值，發揮巧思勾動人心的文字。只是到了現代社會，影響力知識的崛起，文字書寫必須著重在訊息溝通的有效性，因此它的人文面還要完美結合科學，從行為科學下手，以心理學、人類行為來讓訊息更精準傳遞。由泰德．羅傑斯、潔西卡．雷斯基－芬克兩位鑽研行為科學的教授合著的《高效工作者必備的秒懂溝通：哈佛教授教你輕鬆贏得注意力與信賴》，正是這個時代的訊息溝通指南。

書中的第二部分提出高效訊息溝通六大原則，這六大原則彼此互有關聯，不過單單只是符合其中一項原則，訊息溝通就能立竿見影。雖然《高效工作者必備的秒懂溝通》是從英文翻譯過來，在某些文法與詞句上不一定對照中文應用，但是其原則與思維普遍適用，細讀且操作熟悉，你甚至都可以寫信向亞馬遜創辦人貝佐斯等級的上司提案。

貝佐斯厭惡繁雜冗長的報告、簡報資料，員工與幹部上呈報告皆遵守一張A4紙的篇幅。一旦從本書學習符合人性行為科學的書寫方式，你所傳遞的訊息，不只能讓他讀，也會讓他讀到最後一個字，讀完還在底下簽名背書。這就是高效工作者最完整的訊息溝通。

我會推薦給共同管理臉書粉絲頁的運動員閱讀。它值得。

（本文作者為《前往下一頁的反圖書館》臉書粉絲頁、博威運動科技總編）

推薦序

學會寫作，讓你被這個世界看見

鄭緯筌

在當今這個資訊爆炸的時代，能夠有效地溝通，不僅是一種技能，更可說是一門藝術。未來人才需要具備哪些技能，才能在詭譎多變的情勢下生存？麥肯錫全球研究院（McKinsey Global Institute）曾經提出未來職場需要具備的十三項技能，其中就包括批判性思考和溝通能力。

作為一位長期從事寫作教學的教練，我深知寫作的核心不僅僅在於內容表達，更在於如何讓訊息精準地直擊讀者的內心。《高效工作者必備的秒懂溝通》一書，由美國哈佛大學的兩位教授精心撰寫，集結了他們多年的研究與實踐，旨在幫助忙碌的專業人士改善其寫作和溝通技巧。

從我的角度來看，這本書的價值在於它的實用性和時效性。當我在企業、公部門和大學授課時，我發現許多專業人士和學生雖然渴望利用ＡＩ技術提高工作效率，但常常困於無法有效地傳達他們的想法。即便是想要ＡＩ代勞，至少也要先學會提問的技術。

我相當認同兩位作者在書中所提到的六大原則，好比「少即是多」和「易讀至上」，都是在指導寫作者如何在短小精悍的書寫中，可以達到最大的溝通效果。這對於任何需要在數位化高速發展環境中保持競爭力的專業人士來說，都是必須掌握的關鍵技能。

平時，我除了授課和提供顧問諮詢的服務，目前也在攻讀傳播學博士學位，以及在媒體撰寫專欄。投身大眾傳播的研究使我深刻理解到，溝通的成功不僅僅依靠內容的豐富和表達的技巧，更在於如何觸動讀者的情感和需求。本書所揭櫫的幾個原則，像是「告訴讀者為什麼該在意」和「讓讀者容易回應」，正體現了此一理念。透過這些原則的應用，作者不僅在字裡行間有效地傳授寫作技巧，更建立起讀者的信任和參與感。

我很高興有機會可以搶先拜讀《高效工作者必備的秒懂溝通》一書，很快就看完這本書了。整體而言，結合自己在寫作、ＡＩ應用和大眾傳播的背景和經驗，我認為這的確是一本難能可貴的好書。所以，我很樂意且誠摯地推薦《高效工作者必備的秒懂溝通》，給所有希望提升寫作與溝通效率的讀者朋友。

這本書不僅傳授寫作技巧，更重要的是，它教你如何被這個世界看見和理解！

（本文作者為《經濟日報》數位行銷專欄作家、《ChatGPT提問課，做個懂ＡＩ的高效工作者》作者）

推薦序

你幫誰節省時間，誰就願意聽你說話

陳雪尹　博士

這本書值得讀。

大部分的時候，那些教你溝通的書，都不一定能把握溝通的要則，也無法援引證據，說服你「為何」要這麼做。

但這本小書，對，它只能是一本輕薄精煉的小書，不僅告訴你怎麼做，也告訴你為何要這麼做。

我們的社會和文化經驗，並不重視溝通。乖巧、聽話、順從的美德，根深柢固地影響著我們交流意見的方式。

但時代變了。今日的訊息接收者被賦予遠比以往更繁重的職責：要能辨認錯假訊息、要會慎選資訊來源，還要培養自己的媒體識讀能力。而當讀者愈來愈聰明，傳遞訊息的人不得不反省自己，我該如何才能做得更好？

本書作者說：「高效訊息溝通比較平易近人，比較公平，也比較民主。」在當今社會，要能包容多元意見，又要能不虛耗時間地合作，這本書在在提及「尊重讀者的有效溝通」，來得正是時候。

愈能尊重讀者的需要、愈重視讀者的時間，愈為他省去決策困難的溝通方式，才有機會也省下自己的情緒與時間成本，安好度過氣力耗盡的每一天。

高效溝通是門國際顯學，很高興台灣讀者也有了中譯本。

（本文作者為台灣科技媒體中心執行長）

強力推薦

本書讓我受益良多的是書中的PART 2——高效訊息溝通的六大原則。這些原則可以用在Email、Line即時訊息，甚至在社群平台上的寫作。當你試著練習後，將能夠大幅提升文章的好讀程度。

——朱騏，卡片盒筆記法專家

這本書不僅能讓你成為更好的作家，還能讓你成為更有效的溝通者。本書是一本出奇吸引人的指南，讓你用文字吸引人。AI閃開！這部終極指南，能讓你生成的每一條有意義訊息都更清晰。

——亞當．格蘭特，《逆思維》作者

天才之作！簡潔、睿智的高效寫作指南。我想，這是唯一以真正有效的實證為基礎的寫作指南。

——安琪拉．達克沃斯，《恆毅力》作者

傑作！所有以書寫溝通的人必讀。

——羅伯特．席爾迪尼，《影響力》作者

羅傑斯和雷斯基—芬克的研究讓我著迷已久，他們的研究之所以如此優異，最大的理由就是他們的文章可讀性極高。這本書清楚說明要從何改善你的日常書寫，讓它更容易讀、更容易寫，並增加為世界帶來實質改變的機會。

——查爾斯．杜希格，《為什麼我們這樣生活，那樣工作？》作者

成本：二十八美元，再加上三小時。效益：省下你數百小時和他人數千小時。結論：划算！

——麥斯．貝澤曼，《頂尖名校必修的理性談判課》作者

要是這本書早點在我事業生涯出現就好了，因為它可以幫我省下無數次錯誤和無數被我浪費掉的時光。兩位作者證明高效訊息溝通可以讓生活和工作更輕鬆、更愉快、更有生產效率。今天讀它，明天你一定能寫得更好。

——亞瑟・布魯克斯，《重啟人生》作者

非讀不可！這部可以實行、以實證為基礎的指南將釋放你高效寫作的力量。機智詼諧、條理分明，且立刻派得上用場，本書是顆寶石。你絕對不會再寫出不符標準的電子郵件、簡訊或備忘錄了。

——凱蒂・米爾克曼，賓州大學華頓商學院教授，《零阻力改變》作者

太厲害了。探討高效寫作最棒的一本書。它將改變你的人生——也會讓世界更加美好。

——凱斯・桑思坦，哈佛大學教授，《推出你的影響力》共同作者

不論你是多嫻熟的寫作者，這裡提供的識見和工具能讓你精益求精。這些技巧既訴諸禮貌，也訴諸策略：尊重讀者的時間、了解讀者的需求，你就會得到他們的關注和信任。這本書以研究為基礎，但以產生影響為目的。

——南西．吉布斯（Nancy Gibbs），哈佛大學教授，前《時代》雜誌總編輯、《總統俱樂部》（*The Presidents Club*）共同作者

兼具啟發性和實用性，確切證明高效書寫的通訊可能造就多麼深刻的差異。這年頭攫奪注意力的競爭萬分激烈，但有了這本書做嚮導，我們都有更好的機會。

——羅斯．亞特金斯（Ros Atkins），BBC新聞記者

提供以科學為基礎的祕訣，幫助你突破重重喧擾、直抵讀者。這是一本能幫助你實現溝通目標的指南。

——維奧麗卡．馬里安（Viorica Marian），西北大學教授，《語言的力量》（*The Power of Language*）作者

前言
讓忙碌的人願意閱讀和回應的訊息溝通科學

寫這本書從來不在我們計畫之內。坊間已經有夠多探討寫作過程的指南。但我們認識的人，包括我們自己，通常不會想去讀一本探討寫作的書。「探討寫作的寫作」這個概念也挺怪的。這聽來拐彎抹角，自己講自己：「探討寫作的寫作」聽起來就像「關於歌唱的歌唱」。然而，漸漸的，在幾乎渾然未覺之下，我們開始相信世人真的需要一種不同類型的寫作書——逐一解釋那些已獲證實、能與任何對象與任何讀者高效溝通的技巧。我們也察覺需要特別針對忙碌的讀者，因為你我生活在一個媒體空前飽和、資訊空前氾濫的年代。現代寫作者需要額外的幫助來突破各種分心事物的重重包圍。

你在本書讀到的內容，援引了龐大的研究資料，其中許多是我們做的。我們也挹注了多年的專業和個人經驗。泰德曾投身十年研究「寫信給忙碌選民」的科學。我們兩人也都研究過「寫信給忙碌家人」的科學。新冠肺炎疫情期間，我們擔任國家和地方領導者的顧問，建議他們如何寫信給忙碌的選民。一步接一步，我們逐漸了解有些高效寫作的原則幾乎普世一致，卻乏人知曉。

若從這個角度看，歌唱的類比傳達了截然不同的訊息。歌唱是人人會做的簡單事，但多數人不算做得特別好。優秀的歌手不只是靠著聽別人唱歌和做主觀的美學判斷來學習。他們也依循發展完善的技巧來訓練和精進，而這些技巧是以客觀的解剖學、聲學和人類感知研究為基礎。寫作也是一樣。

今天，我們知道忙碌讀者的大腦裡發生了什麼事。我們知道讀者的眼睛會如何因應不同的刺激而轉動。我們知道為什麼某些種類的文件能吸引讀者注意，其他則會迷失在分心的濃霧和爭奪注意力的激烈競爭之中。我們寫這本書正是為了分享這些可能改變人生的重要見解。這是一本訊息溝通的指南——讓忙碌的人願意閱讀和回應的訊息溝通科學。

從構想到行動這條路

這本書的原則人人適用，因為我們全都是寫作者。

我們的人生有愈來愈高的比重，是透過簡訊、電子郵件和其他數位通訊進行。除此之外，我們原本就有比較舊的應用文書寫類型，例如：業務報告、學校新訊、報到單、時事通訊和各種通知告示。這些實用的訊息溝通類型，通常是請讀者執行某項任務，或是知悉某項資訊。有些時候，我們希望讀者詳盡了解即將實行的計畫、預防接種時程、事實揭露或政策變革。其他時候我們需要讀者採取行動，比如提供回饋、回答問題、完成表格或安排會議時間。

你可能不會自認是寫作者，但想想這點：你可曾有哪一天什麼都沒寫呢？打簡訊是寫作，寫公事的電子郵件是寫作，臉書或推特發文是寫作，Slack 近況更新是寫作，就連寫冰箱上的待辦清單也是一種寫作——在這個例子，是寫訊息給未來忙碌的自己。如果這些內容的寫法考慮到忙碌人們的閱讀方式，效果就更顯著。諸如此類的溝通在現代生活難以避免，這就是為什麼我們會說，**人人都是寫作者**。同樣重要的是，**我們也都是讀者**。我們身兼二職。尤有甚者，我們大多還是**忙碌**的讀者，同時面對這個時代許多相互衝突的需求。

高效訊息溝通讓寫作者和讀者的人生更簡單、更愉快，也更富生產力。這是一種力量——一種近乎神奇的力量，能將你腦袋裡的思想或目標轉移到其他人的腦袋，進而鼓勵他們有所回應。這能突破重重包圍大忙人的各種分心事物，而且任何人都做得到。只要洞悉高效訊息溝通背後的原則，這股力量就是你的。

這本書會一一闡述高效訊息溝通的六大基本原則，並引導你付諸實行。但首先，我們想釐清高效寫作究竟是什麼，以及它為什麼是如此重要、卻屢遭誤解的技能。

● **高效訊息溝通有非常明確的目的**。寫作是為了分享你覺得重要的構想，也是為了說服他人去做你希望他們去做的事，不論是讀一份備忘錄、挑選共進午餐的餐廳，或是報名社區活動志工。高效訊息溝通能進入讀者的思想，就算忙碌的讀者原本不打算讀下去、想盡快掉頭離開。如果你失去了你的讀者，那不是他們的錯；吸引讀者注意、讓他們投入心力，是你身為寫作者的責任。

● **高效訊息溝通讓寫作者與讀者互蒙其利**。我們每星期都要為實際的理由書寫數十次，甚至數百次。所以我們一定都很擅長寫作，對不對？事實上，在郵件、簡訊等應用文寫作方面，我們遠比自己想像中差勁。我們傳送的訊息往往石沉大海。我們得到的回覆不是遲了，就是不完整。看似簡單的交流變得複雜又混亂。高效訊息溝通的原則能幫助你更清楚、更迅速地表明你的重點，讓事情在自己希望的時間發生。把話講清楚也能強迫你釐清自己的想法，將你的構想和目標帶進更清晰的焦點。

● **高效訊息溝通和優美的寫作不同**。富於表現的文學寫作是源遠流長、值得尊敬的技藝，卻是非常主觀的技藝，可能要花一輩子才能精通。這也常做為一種消遣，讓有時間且決定擱置其他工作、盡情徜徉閱讀樂趣的人投入其中。優美的寫作往往會刻意提高難度與層次。反觀高效訊息溝通則是人人可以掌握的技能，也有非常明確的目標：清楚傳達確切的資訊給忙碌的對象，讓他們容易理解與回應。

● **高效訊息溝通的規則背後有嚴謹的科學**。我們可以無止盡地爭論哪一種文字作品最美，但高效訊息溝通就沒那麼主觀了。有定義明確、基於人類認知科學的策略，為如何成為更具成效的寫作者提供指引。我們檢視了數百項科學研究，也親自進行研究調查，看看哪些策略能發揮作用。我們也從本身寫作者兼訊息溝通者的生涯學到很多教訓。為了能應用於所有實際訊息溝通的形式，這本書也將上述所有知識彙編成一套原則。

- **高效訊息溝通要順應讀者的情境**。我們的六大高效訊息溝通原則（以及與每一個原則有關的應用規則）可以幫助任何人成為更有成效的寫作者、和忙碌的讀者進行更明確的交流。每一種情況背後都是一樣的科學。然而，如何將那些原則付諸實行，取決於情境。每一個寫作者有不同的語氣和人生經驗；每一個讀者有不同的期望、假設和偏見。本書的每一章節都會討論我們必須在現實世界考量的情境。

透過高效訊息溝通過更好的日子

你前一次寄出重要的電子郵件，苦等好幾天（或幾星期、幾個月……）仍等不到回應是什麼時候？大家都是過來人。每個人都很忙，而有意也好，無意也罷，忙碌的人總是在權衡要在哪裡和怎麼花他們有限的時間。

現在回想你收到的前一封密密麻麻、分好多段的電子郵件。你花了多少時間讀呢？多數人會回答幾秒鐘——如果我們真的試著去讀的話。遇到複雜的訊息，忙碌的人傾向略讀或延後，或者乾脆視而不見。

無效的寫作可能在現實世界引發問題。有時這代表錯失良機。二〇二〇年十二月，Airbnb在股市首次公開發行。上市之前，所有Airbnb的房東都收到一封邀請購股的電子郵件。[1]這封電子郵件邀請函的主旨看似平凡而不重要：「Airbnb的定向配股計畫（Directed Share Program）」。很多房東說他們不是忽略，就是擱置這封電子郵件，因為它看起來沒有特別緊急。讀了電子郵件、把握機會的房東賺了超過一萬五千美元。Airbnb和它的房東學到教訓：訊息一旦沒有確切著眼於忙碌讀者的閱讀方式，讀者就可能不會讀。

然而，寫作者很容易忘記這個惱人的事實。我們寫作時，往往相信自己覺得重要的訊息，讀者也會感覺一樣重要，並會依此分配他們的注意力。

無效的寫作也可能掩蓋對個人重要的資訊，例如：公司醫療計畫變更或擔任孩子學校活動志工的機會。一般人平均每天會收到數十則、甚至數百則訊息（包括電子郵件、簡訊等），而專業人士平均每週要花近三分之一的工作時間讀、回電子郵件。[2]這個數字甚至沒包括專業人士從職場外收到的其他訊息。對忙碌的讀者來說，處理資訊和訊息的洪流就像活在無止盡的打地鼠遊戲中。結果，關係重大的醫療和學校新訊，卻可能在不經意中被忽視，或被按下刪除鍵。

就算無效寫作的訊息**真的**被讀了，也會對讀者的時間課徵苛刻的稅。我們最近主持一項探討這個主題的活動，一名參與者寫道：「在今天這種工作環境寫冗長的電子郵件，是不尊重讀者。」訊息愈長、時間稅愈重。想像如果你每天收到一百二十封電子郵件（跟很多人一樣），封封長達三段。全部讀完恐怕要花四小時。或者形勢反轉，你寄了一封三段的訊息給公司裡的一百二十名員工。你字字推敲；你的高中英文老師會以你為傲。但每一名員工平均要花兩分鐘來讀你的信。一百二十名員工加起來，你精雕細琢的訊息足足課徵了四個鐘頭的稅。只要你能砍掉一段，就能替全體員工省下八十分鐘。

還有更糟的：無效的寫作固然可能令所有讀者洩氣，但對於讀寫能力不高、英文不是母語、有學習障礙、因工作繁重或個人情況艱難而時間有限，或有其他重大障礙而難以閱讀或理解文字通訊的讀者來說，更是如此。簡單地說，高效訊息溝通比較平易近人、比較公平，也比較民主。

在美國，公民投票常使用複雜、含糊不清的語言，例如：二〇一六年科羅拉多州

的公投問題：③

是否應該提出科羅拉多州憲法修正案，來排除禁止奴隸制和非自願奴役做為懲罰正式定罪者的例外情況？

所以這場公投的「同意」票，代表我們支持用奴隸制做為懲罰，對吧？（我們相信「同意」代表我們反對用奴隸制做為懲罰，但老實說，這很難確定。）現在想像一下，這對英文是第二語言、識字能力不佳，或者就是沒時間在投票前一讀、再讀、三讀這個問題的投票人，是多麼困難的事情。

很多人或許乾脆放棄，不再試著思考問題到底在問什麼。這正是二〇一一年一項研究的發現：投票人較可能跳過使用複雜語言的公投問題。④無效的寫作不僅會降低人們回覆電子郵件的機率，甚至可能引發選舉結果是否具正當性的嚴重問題。

如何使用這本書

如同我們提供的建議和指引，我們也為了你、忙碌的讀者，盡可能讓這本書的結構直接且有效。不過，要充分利用這本書，我們鼓勵你先想想自己的目標，並了解這本書設計的宗旨。

我們在學校學過正式寫作的基本原則，包括正確的文法、拼字、標點和結構。我們這些在美國學校制度長大的人，從小學就開始學習組織與連貫、詞語的選擇和語態。高中時，學校教我們五段論說文的技巧，以及如何精心編寫「論題陳述句」。這些都是重要的技能，但我們在學校學到的正式寫作，大多和現實世界的應用文寫作無關，甚至適得其反。

於是，多數人都是透過非正式的管道學習應用文寫作。我們到處拾撿策略：觀察哪些訊息很快獲得回覆，哪些則杳無音信。正確的文法和標點、完整的句子、適當的詞語選擇，十之八九有用，但如果你寫給公司領導團隊一封五段論說文的電子郵件來報告一場客戶會議進行得如何，不管你行文有多優美，他們都不大可能讀。這兩種敵對的風格——正式寫作和應用文寫作——不自在地共存於我們的腦袋，而我們大多沒有受過訓練，不知怎麼將兩者結合成**高效訊息溝通**。

在這本書，你不會見到探討「如何寫好文章」之類的重複性教學內容，比如仿照小威廉・史壯克和E・B・懷特的經典《英文寫作聖經》。你在一些較現代的效率（而非高效）寫作指南見到的那種過分簡化、毫無彈性的寫作規則表，這本書也不會出現。相反的，我們的原則出自心理學和人類行為的科學，並結合這個對社會的了解：多數人時間有限，注意力有限。

高效訊息溝通也反映了這門科學：忙碌的讀者會如何與我們的書寫內容互動。我們在寫這本書的時候，也惦記著這樣的互動。為了去蕪存菁，我們探討了認知心理學、社會心理學、行為經濟學、神經科學、傳播學、讀寫素養、教學、行銷、時間管理等研究。為了知道什麼行得通，什麼沒有效用，我們也和共同研究者進行了數百場隨機實驗。

我們找了大批受試者進行隨機實驗。在一場典型實驗中，我們隨機挑選一些人給予標準訊息（他們是「對照組」），其他人則收到特定修訂或修改過的版本（他們是「實驗組」）。接下來我們觀察每一組有多少比例的人會去做訊息提示他們做的事：回覆、點選連結、出席活動、捐獻等。經由隨機挑選哪些受試者接收哪一種訊息，我們可以把特定修訂版對行為的影響分離出來。我們在這本書提供的所有指引都是來自這些類型的研究。不過，請注意，隨機實驗只能提供人類行為的概貌。它們透露群組的傾向，但無法預測個人的行為。話雖如此，它們仍是彌足珍貴的工具，仍是研究裡的黃金標準，能幫助我們了解哪些訊息在現實世界可以發揮作用。

完成這本書之後，我們忍不住將其中一些心理學的洞見應用在自己身上。我們常打趣說：「我們決定，要幫助人寫出更短、更有效的訊息，最好的辦法是寫一整本書。」我們力求簡潔，但也發現，僅簡短列舉我們的六大核心原則，是無法讓人充分理解的。體認到這個看似反諷的事實，我們修改了這本書的架構，讓想要跳來跳去的忙碌讀者更容易瀏覽——不過我們仍建議你直接從頭讀到尾就是了。

不管你怎麼處理這本書，我們希望它能教給你實用的技能，以及這些技能背後極具啟發性的科學。有效地書寫訊息能幫助寫作者實現目標，而我們寫這本書的目標，就是助自己實現你的目標——透過你寫的一切。

PART 1

吸引讀者

1 進入讀者的腦

「為什麼大家都那麼忙？時間匱乏一部分是認知問題，一部分是分配問題。」

——《經濟學人》①

「忙到沒有察覺自己太忙。」

——《紐約時報》②

「為什麼你的時間好像永遠不夠用？」

——《華盛頓郵報》③

你知道時間不夠用的感覺嗎？你當然知道。大家都知道。在二〇一八年皮尤研究中心做的一項調查中，美國有六〇%的成年人——以及七四%的父母——回說他們至少有些時候覺得忙到無法享受生活。④這與我們自己做的研究一致：有六〇%的應答者說他們常常沒有足夠的時間完成某個月該完成的所有事項。⑤當我們覺得時間緊迫時，通常會試著同時做很多件事。但這種「一心多用」（多工）最後可能平添更多壓力、焦慮和疲憊。

要成為高效訊息溝通者，需要記得讀者正經歷跟我們一樣劇烈的時間匱乏。各種分散注意力的事物影響了他們讀到的內容，也改變了他們的閱讀方式。因此，要了解如何為忙碌的讀者寫作，我們需要知道，一顆忙碌的腦袋裡到底發生了什麼事。

人人時間有限，因此我們必須一直做取捨——特別是忙碌的時候。多花點時間在一件事情上，必然代表花在其他事情的時間會減少。我們可以回覆收件匣裡十幾封未讀的電子郵件，也可以上健身房，但沒辦法兩件事都做。或者我們可以啟動無法兩全其美的折衷方案，讀一半未讀的電子郵件，擠出一半時間健身。各種事情持續不斷爭奪我們的時間，也影響了我們能付出多少心力處理收到的訊息。

我們不只時間有限，注意力也有限。我們有限的心智能力限制了自己遨遊世界的方式。我們可能想說服自己：我們可以同時積極聚焦在很多事情（我們兩個在寫這本書的同時也曾這樣嘗試），但這是謊言。我們的注意力生來就是有限的。心理學家喬治．米勒進行的一項經典研究證實，我們的心智可以同時主動容納多少具體的事物，有一個明確的上限：大約七件，加減二。⑥

很多時候我們渾然不覺自己有認知限制。想想當你開車經過一條忙碌的城市街道，會發生什麼事。你需要同時注意層層疊疊的細節來避免事故（和罰單）：交通號誌、其他車輛、行人、自行車騎士、附近的警笛、速限、坑洞、交通規則等不勝枚舉。還在學開車時，穿越這些障礙需要極度專注。但只要勤加練習，這些過程就會變成不需思索的習慣，讓多數成年人不需耗費太多心力就能在最忙碌的城市穿梭。

但研究顯示，就連經驗最豐富的駕駛人，也會因為「一心多用」導致反應變差：俗稱「分心駕駛」現象。有心理學家指出邊開車邊講電話的影響，與法定酒後駕車一樣糟。⑦這種無法兼顧任務的現象，乍看下很奇怪，因為多數美國成年人既是身經百戰的駕駛，講手機的經驗也很老到。這兩件事不都是我們得心應手的嗎？為什麼我們的大腦沒辦法同時處理兩件熟悉的事情呢？

答案回到我們注意力的局限。大腦研究人員已鑑定出多種類型的注意力。就我們的目的而言，「注意力」是察覺現在發生什麼事、指揮並集中我們有限認知資源的心智過程。⑧大腦的注意力系統會指揮我們去做像是開車時注意救護車鳴笛、上課聚精會神，或是閱讀和回覆緊急工作電子郵件之類的事情。大腦的處理能力有限，這讓我們的注意力系統也有限制。

忙碌的大腦能力有限——這個事實有三種意涵，每一種都深切地影響我們和周遭世界的互動，包括我們會讀什麼，以及怎麼讀：

- 我們沒辦法注意或處理眼前的每一件事。
- 我們的注意力會隨時間耗盡，而且通常比自己認為的快。
- 我們並不擅長一次聚焦於很多件事，但仍一試再試。

我們會注意與不會注意什麼

任何時刻，我們迎面遇到的資訊，通常比自己大腦能夠處理的多。不論我們是開車穿過忙碌的城市、觀賞現場演唱會或坐著開視訊會議，都是如此。大腦的注意力系統協助我們像通過濾網那樣穿越這些過多的負荷：它挑選要注意和聚焦於哪些資訊，以及哪些資訊該加以壓制，或完全排除於我們的意識之外。⑨ 比如在我們開車穿過城市時，注意力系統會藉由濾除我們身邊發生的其他一切事情，來幫助我們察覺路上的危險；當你手握方向盤，就不大可能注意到逛街的人、人行道上的談話等等。

如果注意力系統不是這麼受限，人生會艱鉅到令人不堪負荷。為了讓世界易於管理，大腦會時時評估各種轟炸我們的資訊（包括視覺、聽覺等身體感官、情緒、思想）、挑選夠重要或關係夠密切的事情，讓它通過濾網。這個挑選過程可能在潛意識發生，也可能刻意為之，允許我們做主。此時此刻，你的注意力系統可能正暗中濾除背景噪音或活動來幫助你讀這個句子。但如果隔壁房間有人喊你的名字，你的選擇性注意力可能會叫你去聽那人說話，而離開這個句子。

對讀者來說，選擇性注意力也會指示他們在與任何種類的寫作互動時，要用眼睛注意和聚焦在哪些內容。[10] 要明白選擇性注意力的運作方式，請很快瞥一眼【圖表1-1】的圖畫，再讀下一段文字。[11]

你首先注意到什麼？也許是遊樂場，也許是右下角坐在毯子上的一家四口、汽車，或是其中一名自行車騎士。不論你的答案是什麼，這都是你的選擇性視覺注意力運作的結果。大腦無法馬上注意和處理這種細膩畫面裡的所有視覺資訊，所以它會使用捷徑。它使用的捷徑因人、因時間和情境而異。但你該特別留意以下兩種極為普遍的捷徑：

【圖表1-1】

【圖表1-2】

捷徑（一）：我們會最快注意到與周遭形成強烈視覺對比的元素。請看你在【圖表1-2】修改過的圖像版本中，最先注意到什麼呢？

你八成會立刻看到在畫面中央遛狗的人。它會自動吸引大腦關注，因為這與畫面其他部分形成視覺對比。你仰望夜空、不費吹灰之力就注意到滿月，也是同樣的情況。人的大腦已經演化成會自動注意到有別於周遭環境、分外顯眼的事物。這是橫跨許多物種的基本視覺特徵，從人類嬰兒[12]到倉鴞[13]等動物都有文獻記載。這也強有力地暗示讀者會如何處理文字通訊。

捷徑（二）：我們的選擇性注意力可以被刻意、帶有目的地引導。再看一次【圖表1-1】，這一次請試著尋找那位**坐在長椅上的人**。你很可能不會隨意讓自己的視線來回掃視整張圖，反倒可能沿著通道區搜尋長椅的蹤跡，然後輕易找到那張有人坐在上面的長椅。如果你看得很仔細，可能也會看到那個人用皮帶牽著一隻小小狗。當我們要尋找特定事物時，注意力系統會幫助自己有效率且迅速地找到它。

然而，在留意某些元素的過程中，我們會遺漏其他元素——常常渾然不覺。你已經看過【圖表1-1】三遍了，是否注意到遊樂園左邊角落有四個六角形和一個三角形疊成的遊樂設施？我們前幾次看圖時都沒有看到，而且猜想你也沒看到。它甚至比坐在長椅上的那個人更顯眼，但你可能並未注意到任何值得自己運用選擇性注意力的東西（現在有了）。於是，在這個場景中，它就不被察覺、隱藏起來了。

大腦研究已經揭露，當你在一幅視覺景象裡注意、細查一項物件時，大腦會主動抑制你去注意其他也在場的物件。⑭ 因此，不是自己要找的東西，我們就常常視而不見。大腦天生有鎖定相關資訊的傾向，這是高效訊息溝通的重要事實。

我們把焦點放在哪裡

一旦我們的選擇性注意力幫助自己注意到值得注意的事物——不論是看到、聽到或讀到的東西——大腦的注意力系統就會協助指揮和管理我們將心智資源集中在這件事物上的方式。⑮

讓我們繼續這個習題，再看【圖表1-1】。你看到幾棵樹呢？

你很可能看著圖，將自己的視覺注意力瞄準樹木，然後聚精會神、有條不紊地清點。（正確答案是六棵。）如有必要，我們的大腦可以聚焦在一項任務，直到完成為止——就連無緣無故清點圖畫裡的樹這麼無聊的任務也可以。但專注需要相當大的腦

【圖表1-1】

力，聚精會神於複雜或困難的任務時尤其如此。由於人的大腦處理能力有限，因此我們無法同時專注於每一件事。就像注意東西時一樣，我們的注意力系統必須挑選它要專注的事物，以及專注多久時間。

在你專心點樹的同時，八成不會順便數數一共有幾個人在騎自行車、騎機車和溜滑板。這些資訊與手邊的任務無關，所以你的大腦不予理會，就像選擇性注意力阻止你發現六角形和三角形構成的遊樂設施一樣。大腦忽視不相干資訊的能力可能強到近乎滑稽。

一九九九年有一項被廣為引用的研究：哈佛大學兩位研究人員請受試者專心數

一段一分鐘的影片中，一顆籃球被來回傳了幾次。⑯影片播到一半時，一個扮成猩猩的人大搖大擺穿過畫面。結果，觀看影片的人之中，有將近一半沒注意到那隻漫步的大猩猩。

專注能幫助我們避免心智超載，但也可能耗盡我們的注意力系統。當長時間或特別強烈地專注在一項任務時，我們保持專注的能力會逐漸衰退。這就是為什麼學童需要下課時間、寫作者需要休息喘口氣的原因之一：指揮、管理我們注意力是既困難又煩悶的事。我們不需要上一整天漫長的課或做高強度的工作，就能耗盡自己的注意力系統。大腦累垮的速度可能比我們預期的快。

在一項極具說明性的研究中，心理學家布蘭登．舒麥可和同事請一群受試者觀看一段六分鐘的個人專訪影片。⑰同一時間，螢幕上閃過不相干的詞語。他們叫半數受試者盡量別去看那些無關的字詞，另一半則想專心看什麼就看什麼。大腦的選擇性注意力會自動傾向聚焦於閃過的詞語（部分因為它們與周圍形成鮮明對比），因此忽略這些詞語，反而需要努力專注和掌控。

接下來研究人員測試受試者運用專注力的疲憊程度，請他們在觀看影片後進行兩項與影片無關的任務，測量他們的表現。第一項是研究所入學使用的又長又難的閱讀理解測驗。被要求積極忽視閃現詞語的受試者，成績足足比沒被要求這麼做的人低了二〇%。顯然，先前的影片任務耗盡了參與者的注意力，使他們沒辦法那麼仔細閱讀和審慎回答具有挑戰性的問題。

我們聚精會神的能力也會受到**身體**感覺影響。這與大腦注意力系統耗盡不同。當我們身體疲倦時，要專注就難上加難。很多人都很清楚：在漫長的一天終於結束之際、工作太久之後或睡眠不足時，我們很容易失去專注力。⑱ 就連訓練有素的運動員，注意力和決策能力也會因身體精疲力盡而受損。⑲

分心和干擾也是我們努力保持專注的大敵。就算有充裕的時間和旺盛的好奇心，很少人能一口氣從頭到尾讀完這本書。我們的心智會走神。就算讀的是短短的簡訊或臉書貼文，也很容易恍神。最近有項研究評估，人類的心智在試著閱讀期間，有三分之一的時間不知去向。也請注意：在我們閱讀複雜的文字作品時，走神現象會發生得更頻繁。⑳

一旦分心，要重回專注就很難了。根據加州大學爾灣分校資訊科學家葛洛莉亞・馬克的說法，工作者在被打斷後平均需要二十三分鐘才能完全回到原本的工作上。㉑ 不用說，不管我們做什麼，這都會影響自己的成果。另一項由卡內基美隆大學進行的研究發現，做閱讀測驗時被電話打斷，測驗成績會降低二〇％。[22] 要為忙碌的人們寫出有效的文字，務必記得他們（以及你我、每一個人）有多容易疲乏，多容易分心。

我們如何一心多用

大腦在注意及專注方面的限制，無可避免會轉化成行動的限制。不論「一心多用」這個念頭看來多有吸引力，但同時做很多件事絕非要做的事情太多、時間和專注力太少的解決之道。嚴格來說，甚至連同時思考兩項要務都不可能。我們「一心多用」時真正做的事情是快速於各項任務之間切換，而這個過程需要在認知方面付出相當高的代價。當我們來回轉換時，速度會變慢，而且比起一次處理一件事情更容易遺漏重要的東西。在任務之間跳來跳去也會更快耗損我們的專注力。這不是什麼新的見解。西元前一世紀，拉丁作家普布里烏斯．西魯斯就寫道：「一次做兩件事，等於什麼也沒做。」[23] 現代研究做出類似的結論：當我們試著同時進行多項任務，每一項的效率都會變差。[24]

話雖如此，我們（兩位作者）仍不斷嘗試一心多用，希望自己能出類拔萃。而我們並不孤單。一項針對專業人士的調查發現，有六三%回答自己經常同時進行兩、三件不同的工作。㉕在我們自己進行的調查中，約有五〇%應答者表示前一個星期「常常」一心多用。㉖

一心多用——更精確的說法是「任務切換」——有其舉足輕重的地位：協助我們在忙碌、複雜的世界穿梭。由於時間有限，如果可以一邊拌麵、一邊調醬料、擺桌子，又回答孩子家庭作業的問題，我們的人生會輕鬆許多。但我們想一心多用不單是因為自己很忙；我們一心多用，也是因為以為自己擅長多工。總歸一句，你的心智在擁有一個明確的錨定點時運作得最有效：一件它正在注意的事、一件它聚精會神的事、一項它需要做出回應的任務。尊重這些限制的寫作，比較可能進入忙碌的腦袋——以及腦袋忙個不停的讀者。

要模擬同時（有效）專注兩項任務有多難，請試試另一項實驗。請大聲說出套用於下列每一個詞語的樣式：

現在，請再次大聲說出套用於下列每一個詞語的樣式：

Highlight（醒目提示）

italicize（斜體）

BOLD（粗體）

underline（底線）

capitalize（大寫）

italicize（斜體）

BOLD（粗體）

CAPITALIZE（大寫）

underline（底線）

highlight（醒目提示）

你或許已經發現，相較於第一組詞語，第二組需要多花不少心力、時間，甚至還可能出錯一、兩次。這就叫「史楚普效應」。這闡明就連同時聚焦在兩項認知任務都是難事。[27] 要辨別出樣式，需要把注意力擺在字母上，而在此過程，我們也會無意間讀了詞語本身。當詞語本身的意義與文字套用的樣式一致，例如：斜體，任務就相對簡單迅速。若詞語和樣式不一致，例如：斜體，任務就困難多了。

要念出和描述第二組詞語比較費力，這就是史楚普效應在運作。當詞語意義和文字樣式一致，只有一項認知任務：辨別樣式類型和說出樣式名稱，是同一項工作。當意義和樣式不一致，大腦就得處理兩項認知任務：辨別和說出樣式名稱仍是主任務，但還有一項次任務：費力壓制說出詞語意義的衝動。

一心多用（或迅速任務切換）引發的心智衝突可能對現實生活產生嚴重的影響。巴特勒大學和藥廠禮來公司共組的一支團隊發現，請藥師一邊回答問題、一邊照處方配藥，他們要花比較久的時間才能完成工作，犯的錯誤也更多。一心多用會減緩速度，也會使他們遺漏重要的細節。[28] 一邊打簡訊一邊開車可能更致命。美國政府的統計數字年年將數萬起交通死亡案例歸因於這種危險的習慣。[29] 然而，有些研究調查估計，有二二%的駕駛表示每天都在做這種一心二用的事。[30]

這就是你每一次要為忙碌的讀者——這年頭幾乎所有讀者都是忙碌的讀者——寫些什麼的時候，會進入的壓力與分心的境地。高效訊息溝通尊重忙碌大腦的天生限制，能減輕你施予讀者的壓力，可說既有用，又**可親**。

2

像忙碌的讀者那樣思考

一旦深刻了解讀者腦袋裡到底發生了什麼事，你就會體認到，要突破這重重嘈雜喧嚷，是多麼艱鉅的挑戰。所幸，你不必猜想該如何是好！我們援用了大量專業經驗與學術研究（還有個人的見解），為你提供經過驗證的指引。

高效訊息溝通的第一步是了解有限的時間和注意力，會如何影響忙碌讀者的閱讀方式；知道有哪些路障會決定你腦袋裡的想法能否在別人的腦袋裡找到歸宿，以及哪些濾網會決定讀者會不會、在什麼時候、又有多仔細閱讀獲得的訊息，然後開始設法突破。

讀者每一次碰到文字訊息——就算短如電子郵件、簡訊、Slack訊息或社群媒體貼文——都會經歷一個四階段的處理程序：

一、他們必須決定要不要對它投入心力。
二、如果決定投入心力，就必須決定何時投入。有時他們會決定以後再說。
三、一旦真的投入心力，就必須決定分配多少時間和注意力來讀這則訊息。
四、如果他們讀的內容需要回應，就必須決定要不要回應或反應。

這些決定通常是頃刻間做成，幾乎或完全不靠意識思考。我們很少仔細斟酌每一個階段。但在那一剎那，可是有巨量的心智過程發生。我們身為高效訊息溝通者的職責就是：順利通過這個短促而令人生畏的處理過程，關關難過關關過。

決定要不要投入

讀者一收到訊息，就會不自覺地進行測試：這訊息值得我花時間嗎？我該特地為它投入心力嗎？

經濟學家形容這種決策過程為「預期效用最大化」。在所有選項之間抉擇時，人都會權衡所有可能選項的預期成本和效益，然後選擇可以將預期效益增至最高、預期成本降至最低的那一個。

人們認為自己時間寶貴，因此投入的門檻可能相當高。近期我們針對一千八百名專業工作者進行調查，受試者估計，他們收到的電子郵件，有半數會被他們直接刪掉，讀都不讀。①

若從認知的角度思考，這是一個驚人的結果。忙碌的讀者常常**連讀都沒讀**就決定一則訊息是否有用！僅依據有限資訊匆促做出判斷的人，絕非只有專業工作者。我們時時刻刻都在做這件基本的事：用心理捷徑簡化決策過程。

決策研究人員稱這種心理捷徑為「捷思法」，但為簡單起見，且讓我們稱之為「經驗法則」。一個常見的經驗法則是，在面對許許多多選項時，我們會挑選第一個看起來夠好的（有時稱為「滿意即可」），不會多花心力追求絕對最佳選項。想想Netflix上有多少可以看的影片。要搜遍所有選項找出能帶給你最大樂趣的影片，恐怕得花好幾天。「夠好」的原則讓你能把這項任務縮減至一、兩分鐘。經驗法則幫助我們度過複雜、資訊充斥的決策過程——從選擇Netflix節目到查看電子郵件收件匣都是如此。

讀者常從「信封」來推斷某個訊息的價值——唾手可得、暗示某個訊息有什麼內容的資訊。[2]就電子郵件來說，這個資訊可能是寄件人或主旨；就辦公室備忘錄而言，可能是標題；至於傳統信件，則可能是寄信人地址和實體信封的樣式。（基本上，我們真的會「以貌取人」啦！）讀者會看一下這些線索，然後運用經驗法則來決定要不要花心思。我們可能會優先去讀朋友或家人等熟識者傳來的訊息。反過來說，我們也許會選擇忽略不認識的寄件人傳來的訊息，尤其是在其餘線索讓訊息看起來無關緊要的時候。

忙碌的讀者在決定要不要理會收到的訊息時，評估預期**效益**只占算術的一半。他們也要考量涉及的**成本**：需要投入多少時間和心力？在這裡，人們也會應用經驗法則進行評估。讀者對成本的最初評估（測量時間和心力），會大大影響他們要不要讀下去的決定。最顯著的是，他們比較可能去讀簡短或看起來容易瀏覽的訊息，因為讀那種訊息似乎比較不需要耗費時間、注意力和心力。

偏愛短又簡單的訊息固然合情合理，但時間和注意力都太少的忙碌讀者，也可能短視近利，有時甚至不合邏輯：他們傾向優先考慮現在勝於未來。你可曾決定要從下星期開始存錢、節食或運動？然後當下星期來臨，你又決定……**下**星期再開始？沒錯，我們也會這樣。我們大多偏愛現在做有趣、愉快、簡單、滿足的事情，將沒這麼愉快、比較困難的事情延到以後再做。就算最後的成本一模一樣，但是不要現在就付出的感覺也像有賺到。

決定何時投入

從成本觀點重回前面Netflix的問題，想像你已經把龐大的影片供應縮減到兩個選項。你要怎麼選擇現在要看哪一部呢？我們想看的電影通常分為兩類。我們**想**看某一些電影，是因為認為這會令自己愉快，比如娛樂動作片或浪漫喜劇。另一類則是我們覺得自己**應該**要看的，因為認為它們具有教育意義，或對自己有益，例如：得獎的紀錄片或外語電影。

我們和同事進行的研究顯示，人會傾向先看比較討喜的電影，之後再找時間去看「對自己有益」的選項。[3]其他研究檢視了專業背景的「想要」和「應該」抉擇，證實人會傾向拖延比較困難且不愉快的任務。[4]在被要求完成難易混雜的任務時，人一般會從簡單的著手。就算先做難的可以得到金錢獎勵也不例外。[5]

事實上，有時我們甚至願意為了現在享受愉快而付出若干代價。一項經典研究問受試者比較想要「現在獲得一百美元」，還是「一星期後獲得一〇一美元」。多數人選擇現在獲得一百美元，就算這代表得放棄不久後就可得到的多一點好處。⑥一星期多得一％相當於年利率六八％，但這項實驗的受試者仍大多決定不要為了多一美元再等一星期。

我們會為了現在就擁有好東西而放棄一些好處，同樣的，為了延後不愉快的事情，也會願意付出若干代價。在我們進行的一項學生調查中，受訪者表示他們寧可一週後困在車陣裡三十一分鐘，也不要現在塞車三十分鐘，就算延後會使他們不愉快的時間多一分鐘。⑦如果你寫的內容讓目標讀者認定會帶給他們不愉快，那他們八成會拖到……以後再讀。

這種重視現在勝於未來的傾向是天生的。研究人員運用磁振造影觀測出，大腦與立即報酬有關的部位（邊緣系統與獎勵有關的區域）會在我們考慮**現在**可以得到合意結果的時候活化，但是在考慮**以後**才能得到合意的結果時，卻經常靜止不動。⑧人類在各個發育階段，甚至跨不同動物物種（包括大鼠、黑猩猩等），都有觀測到類似的行為。⑨

以上所有成本與效益的計算都直接關係到我們會以何種方式處理自己獲得的訊

息。忙碌的讀者可能會先讀他們認為可以輕鬆、快速解決的訊息，這些訊息看來比較討喜（或起碼沒那麼可怕）。反過來說，讀者傾向避開看來長又耗時的訊息，並把它們推拖到未來。我們的調查清楚呈現這樣的差異：其中一例，在我們執教班上有整整九九%的專業工作者表示，他們會先回覆感覺比較容易處理的訊息，而非看起來比較棘手的訊息。⑩

決定如何投入

小心劇透：**大家都略讀**。

忙碌讀者的目標是盡可能用最少的時間和注意力，從訊息汲取最大價值。要做到這一點，他們不會一直「線性」閱讀，也不會一行一行讀。他們會因應目標隨時變更閱讀方式：可能仔細讀某一部分、快速瀏覽某一部分、再跳著讀其他部分，尋找他們認為相關的特定資訊。套用經濟學理論的語言：忙碌的讀者會盡可能擴大預期效用，而方法就是不斷試著預測再花一秒閱讀訊息的價值，是否大於將時間和注意力花在其他事情的效益。

讀者不會刻意去想：「好，把預期效用最大化的時候到了！」我們就是會在覺得無聊或分心的時候棄讀。我們意識的專注力時時面臨分散的風險。在剛開始閱讀某則訊息的幾秒鐘，我們可以獲悉許多寶貴的資訊，但很快就會來到報酬遞減的臨界點——至少，大家都是這樣預期的。我們每多注意一秒，產生的資訊就會少一分，尤其是我們已經猜到訊息的要旨之後。從那一刻起，我們的閱讀時間就會愈來愈沒有用處。忙碌的讀者放棄的門檻相當低：一旦再讀一秒的預期價值低於改做其他事情的價值，我們就會停止了。

一般而言，為了實用而閱讀是一種高效率的策略，可以在花費最少時間和注意力的情況下汲取最多的資訊。但這裡有個問題：有些訊息的價值可能要全部讀完才會顯現。整體的價值也許大於各個部分的總和。

假設你收到一個朋友寄來的電子郵件，他在信中敘述他去看費城老鷹隊美式足球賽遇到的趣事。當時他人在林肯金融球場外面的停車場吃潛艇堡、和朋友敘敘舊。一對年長的夫妻走過來攀談，聊到老鷹的防守球員，和他們有沒有厲害到足以贏得那年冠軍。聊了幾分鐘，正當你的朋友準備走進球場，他突然想到那對年長夫妻正是你的爸媽，那個星期偶然從亞利桑那州來訪。全場有六萬五千名球迷，你們相遇的機會有多低？如果你在自以為了解訊息要點——你朋友去看費城老鷹隊的球賽——的那一秒就停止閱讀，就會錯失最後意外的轉折，而它才是這則訊息真正的要點。

略讀也會使讀者容易錯遇關鍵資訊。你是否注意到前一句的「錯過」打成「錯遇」嗎？如果有，那你可能讀得很仔細——謝謝你！細讀代表你不會錯過這麼多東西，但也需要你多付出很多時間和注意力。另一方面，我們完全理解，也預料很多人會快速瀏覽這一章。如此一來，你可以更快讀完這一章，但也可能錯遇某些細節。

（**這次**你抓到了嗎？）

心理學家凱斯・雷納和莫妮卡・卡斯特哈諾畫出我們的眼睛在細讀和略讀時會如何移動[11]，如【圖表2-1】所示。圓圈代表讀者的眼睛聚焦和停留的地方；這些位置稱為「注視點」。直線代表視線在注視點與注視點之間移動的路線。細讀時，眼睛會依序從詞語移往另一個詞語，但在略讀時，眼睛的注視點比較少，也會在行與行間跳來跳去。

略讀通常會略過單字、片語，甚至段落，也常先往前跳，再跳回去重看或尋找一開始遺漏的東西。我們不照順序接收詞語，很多詞語完全跳過。這就是為什麼略讀的

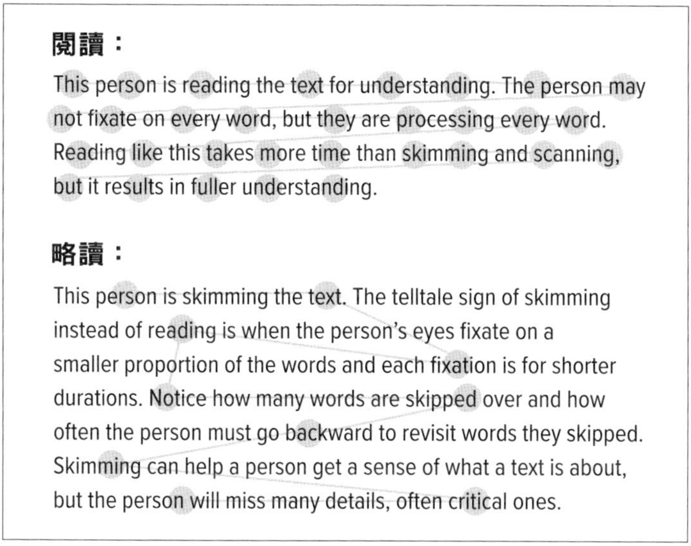
閱讀：
This person is reading the text for understanding. The person may not fixate on every word, but they are processing every word. Reading like this takes more time than skimming and scanning, but it results in fuller understanding.
略讀：
This person is skimming the text. The telltale sign of skimming instead of reading is when the person's eyes fixate on a smaller proportion of the words and each fixation is for shorter durations. Notice how many words are skipped over and how often the person must go backward to revisit words they skipped. Skimming can help a person get a sense of what a text is about, but the person will miss many details, often critical ones.

【圖表2-1】

速度比閱讀來得快，但也容易遺漏資訊的原因。

請記得，略讀並不算是欺騙。這是一種極為實用的策略，目的在將汲取關鍵資訊所需要的時間和注意力減至最低。而且人們不是只有讀冗長的書籍會略讀，而是時時刻刻都在略讀。我們最近進行的一項調查顯示，受試者略讀了將近四〇%的電子郵件和二〇%的簡訊。[12]

除了略讀，忙碌的讀者還會使用一種互補性的策略來節省時間，名叫「掃讀」。掃讀指的是在文章各個部分跳來跳去，通常是由我們的選擇性注意力和經驗法則（猜想最重要的資訊可能在哪裡）引導。讀者常預期只要讀一個段落的第一句，就會明白段落的大意。受到這種預期心理影響，他們可能花較多時間讀開頭句，用開頭句決定哪些內容要讀得比較仔細（如果有的話）。[13]或者他們會以比較鳥瞰的方式概略地讀文章，只讀標題，直到發現想比較仔細檢視的段落，才改用略讀或細讀。

研究人員可以在追蹤我們的眼睛如何於閱讀資料上游移時，觀察到這種掃讀過程。[14]讀者會跳過大片、大片的正文，視線只落在錨定點上：標題、各段的第一句話、圖像，以及與正文其他部分呈現鮮明視覺對比的樣式。有些錨定點下方的文章，讀者會全部跳過，但另一些錨定點底下的文字，他們又會仔細閱讀。一如略讀，讀者在掃讀時有時也會跳回去補讀先前略過的部分，請見【圖表2-2】。

幫助讀者有效率地管理時間，是高效訊息溝通者的責任。如果寫那則訊息的重點在於閱讀的體驗，那可能會想在開頭通知讀者，你所寫的內容值得從頭讀到尾。但要是訊息的重點在於傳達重要資訊或請求採取行動（通常情況是如此），你就需要滿足忙碌讀者的需求了。他們無論如何都會略讀和掃讀。用他們攫取關鍵資訊的方式書寫，除了能讓他們讀得更順暢之外，也能助你實現身為寫作者的目標。

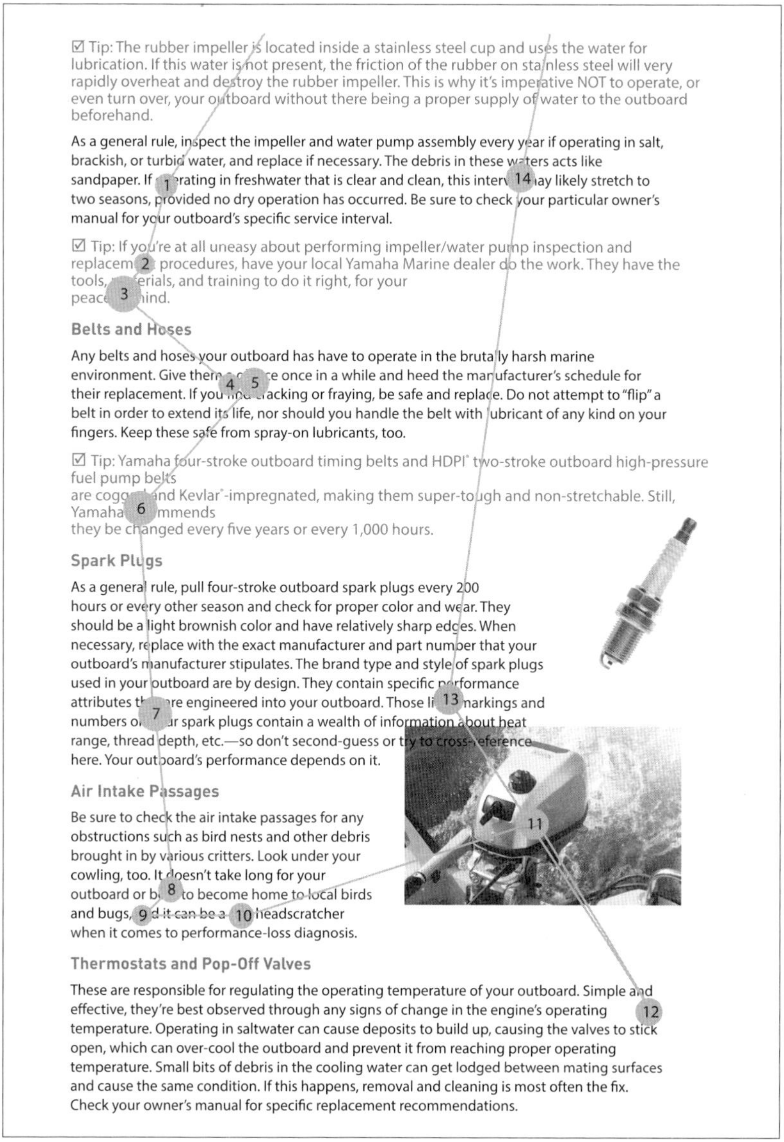

☑ Tip: The rubber impeller is located inside a stainless steel cup and uses the water for lubrication. If this water is not present, the friction of the rubber on stainless steel will very rapidly overheat and destroy the rubber impeller. This is why it's imperative NOT to operate, or even turn over, your outboard without there being a proper supply of water to the outboard beforehand.

As a general rule, inspect the impeller and water pump assembly every year if operating in salt, brackish, or turbid water, and replace if necessary. The debris in these waters acts like sandpaper. If operating in freshwater that is clear and clean, this interval may likely stretch to two seasons, provided no dry operation has occurred. Be sure to check your particular owner's manual for your outboard's specific service interval.

☑ Tip: If you're at all uneasy about performing impeller/water pump inspection and replacement procedures, have your local Yamaha Marine dealer do the work. They have the tools, materials, and training to do it right, for your peace of mind.

Belts and Hoses

Any belts and hoses your outboard has have to operate in the brutally harsh marine environment. Give them a glance once in a while and heed the manufacturer's schedule for their replacement. If you find cracking or fraying, be safe and replace. Do not attempt to "flip" a belt in order to extend its life, nor should you handle the belt with lubricant of any kind on your fingers. Keep these safe from spray-on lubricants, too.

☑ Tip: Yamaha four-stroke outboard timing belts and HDPI® two-stroke outboard high-pressure fuel pump belts are cogged and Kevlar®-impregnated, making them super-tough and non-stretchable. Still, Yamaha recommends they be changed every five years or every 1,000 hours.

Spark Plugs

As a general rule, pull four-stroke outboard spark plugs every 200 hours or every other season and check for proper color and wear. They should be a light brownish color and have relatively sharp edges. When necessary, replace with the exact manufacturer and part number that your outboard's manufacturer stipulates. The brand type and style of spark plugs used in your outboard are by design. They contain specific performance attributes that are engineered into your outboard. Those little markings and numbers on your spark plugs contain a wealth of information about heat range, thread depth, etc.—so don't second-guess or try to cross-reference here. Your outboard's performance depends on it.

Air Intake Passages

Be sure to check the air intake passages for any obstructions such as bird nests and other debris brought in by various critters. Look under your cowling, too. It doesn't take long for your outboard or boat to become home to local birds and bugs, and it can be a real headscratcher when it comes to performance-loss diagnosis.

Thermostats and Pop-Off Valves

These are responsible for regulating the operating temperature of your outboard. Simple and effective, they're best observed through any signs of change in the engine's operating temperature. Operating in saltwater can cause deposits to build up, causing the valves to stick open, which can over-cool the outboard and prevent it from reaching proper operating temperature. Small bits of debris in the cooling water can get lodged between mating surfaces and cause the same condition. If this happens, removal and cleaning is most often the fix. Check your owner's manual for specific replacement recommendations.

【圖表2-2】

決定要不要回應

如果順利吸引到忙碌的讀者了，你還有一道心智障礙要跨越：決定要不要回應，以及如何回應。很多訊息明確要求讀者採取行動，例如：完成表格、安排會議、回答問題或回覆請求、繳納帳單等。不論詳情如何，讀者是否可能照做，主要取決於請求傳達得有多完善，以及事情有多容易完成。一如人們做的所有決定，我們忙碌的生活和拖延的傾向，又使這種計算更加複雜。

讀者可能不照請求行動的主要原因有三。

首先，讀者可能不了解你到底要他們做什麼。這個議題回到高效訊息溝通的核心。如果讀者需要多花力氣解讀訊息的意義，就很可能不會回應了。他們可能會分心、拖著不去理解請求的意思，或是乾脆放棄。如此一來，他們可能就沒辦法適時採取行動，甚至完全沒動作。因此高效訊息溝通者需要著眼於訊息的**明晰性**。

其次，讀者也許不認為行動很重要或有必要。身為高效訊息溝通者，你的另一大關鍵職責就是說清楚為什麼你的訊息很重要，以及為什麼對這位讀者尤其重要。因此，高效訊息溝通者必須建立訊息的**關聯性**。

最後，就算讀者了解對方要他們做什麼，也相信值得做出回應，他們仍可能會拖——如果這項行動看來相當費時，就更可能一拖再拖。通常，我們有心要去實行，但你也知道情況會如何演變……你是可以之後再發送提醒通知，但為讀者營造立刻行動的條件，別讓拖延有機可乘，是遠比這更好的做法。

忙碌的讀者會投入多少心力，又會如何回應，寫作者就只能掌控這麼多。舉例來說，每到選舉年，美國政府都會投入龐大的資金和時間在選民登記上，努力說服民眾登記投票。手冊寫作者沒辦法為公民簡化登記程序，高效訊息溝通者**能**做的只有盡可能簡單清楚地描述和呈現這個程序。在本書後面幾章，我們會按部就班示範怎麼做這件事。

不過，在開始為忙碌讀者書寫之前，你必須非常清楚自己**為什麼**要寫：為了有效溝通，你必須知道自己的目標。很多作者未能清除這最後一個重要的心智障礙。所幸，這裡也有些策略可以幫助你。

3 明白你的目標

高效訊息溝通是要將關鍵資訊從寫作者轉移給讀者。吸引忙碌的讀者投入心力和做出反應只是過程的一部分。你也必須非常清楚自己寫這則訊息到底是想完成什麼事。你希望讀者了解什麼？想要讀者如何回應？

為求簡單，你可以對自己提出這些問題的最精煉版本：如果讀者只會花五秒鐘在你的訊息上，**你想要他們帶著哪一個最重要的資訊離開？**如果連你都不清楚自己身為寫作者的目標，要有效傳達給讀者無非緣木求魚。

釐清你的目標可能比乍看下困難，而這一部分是因為寫作者也很忙。很多人是一邊發送電子郵件和簡訊，一邊同時做其他數十件事。忙到焦頭爛額時，我們自然很難停下來仔細思考自己到底想說什麼。跟隨我們的意識流，想到什麼就傳什麼，容易得多。有時在我們撰寫訊息的初稿時，甚至不確定自己的目標何在。然而，倘若我們沒有為讀者依序排定目標，就是任由讀者自己詮釋對他們重要的事。不過他們對於要事的理解，可能與我們的本意截然不同。

所幸，寫作過程本身就能幫助你獲得明晰的思路：琢磨高效訊息溝通的技能，也可以磨練你成為明辨慎思者的技能。組織心理學家、暢銷作家亞當・格蘭特清楚指出這一點：「把思想化為文字會使推理敏銳分明。在你腦袋裡模糊凌亂的東西，會在紙上清楚呈現。」①

不確定如何進行有效的修訂嗎？

多數寫作者很習慣檢查最簡單的寫作缺失：打錯字、用詞不當或語法紊亂等基本錯誤。就算如此，這些差錯仍出奇常見。只要想想你最近曾在正式的工作電子郵件、辦公室備忘錄、學校新訊等見過多少就好——更不用說那些比較隨意的簡訊或社群媒體發文了。任何破壞文字流暢的差池都會害讀者分心。打錯字也會毀了你的目標，這等於含蓄地告訴讀者：「這篇文字沒有重要到需要編輯。」忙碌的讀者很樂意投桃報李：乾脆忽視你**真正**想傳達的訊息。花點時間整理你的文字、以易讀的方式呈現，是吸引讀者的第一步。

但高效訊息溝通還需要比這更進一步的修訂過程。從初稿開始，高效訊息溝通者就一再進行校訂，直到了解自己的目標為止。我們在撰寫這本書的過程中，也反覆這麼做。或許更令人意外的是，我們平常也會校訂和修改自己的電子郵件、備忘錄，甚至文字簡訊。一旦養成聚焦於目標的修訂習慣，你會發現自己的想法愈來愈清晰，而你寫的東西也更可能達到自己想要的效果。

不確定如何進行有效的修訂嗎？每一次修訂，都要一再問自己這兩個基本問題：「我希望讀者理解的最重要資訊是什麼？」與「我要怎麼讓讀者更容易理解這個資訊？」請記得，如果你不清楚這些目標是什麼，是不可能達成自己的目標的！只要你知道答案，就可以開始用寫作實現這些目標了。

後文的設計就是要引領你走完這個過程。我們精煉了六大原則來幫助你把自己的關鍵資訊（只要你知道它是什麼！）傳達給忙碌的讀者。這些原則還處理了所有寫作本身就有的一種緊張關係：讀者帶著自己的目標閱讀文章，但這些目標未必和寫作者的目標一致。我們已經討論過為什麼讀者可能決定略讀、掃讀或拖延——倘若訊息未有效書寫，讀者採用的這些策略就可能毀掉寫作者的目標。在後面幾章，我們會討論高效訊息溝通者要如何辨識這種緊張，並依此書寫，而非要求或指望讀者改變他們的目標和行為。

請記得，要是讀者忽略了我們認為重要的資訊，或沒有做出我們想要的行動，**這不是讀者的錯**。一旦發生這種事，身為寫作者的人就失敗了。

唐納．諾曼在著作《設計的心理學》中主張，如果有人試著使用門把、電燈開關或烤箱之類常見的物品，可是還沒弄清楚如何使用就放棄了，這是設計師的錯。諾曼發起以使用者為中心的設計運動，終其生涯都在研究這些議題。他的要點是：不管物品可能多美觀、多高雅，設計師的首要職責是「站在對方的立場開始交流」，也就是創造容易使用的物品來滿足人們的需求。我們對應用文寫作的看法雷同。身為寫作者的職責是站在對方的立場開始交流，也就是順應忙碌讀者的需求。

我們肩負著為讀者有效寫作的重擔。但希望你讀完這本書後，這種擔子不會再這麼沉重了。

PART 2

高效訊息溝通的六大原則

4 原則（一）：少即是多

莎士比亞《哈姆雷特》裡的波洛尼烏斯說：「簡潔是智慧的靈魂。」莎士比亞創造這個句子有巧妙的雙重含意。它在反諷：《哈姆雷特》是他最長的劇，而波洛尼烏斯是他筆下最愛長篇大論的角色。但這句話也完全出於真誠。莎士比亞或許比其他任何寫作者都了解，用簡短卻令人難忘的方式訴說引人入勝的構想，具有歷久不衰的力量。他有許多描述方式已成為我們日常語言的標準用法，而四百年後，波洛尼烏斯這句話仍是受用無窮的至理忠言。

然而，在寫作者之間，卻流傳著一個普遍到惱人的錯誤觀念：多多益善。也許這是源於學生時代的記憶：九年級寫作文時，我們絞盡腦汁要達到規定字數。這也可能反映這個希望：寫得多，會讓我們看起來比較聰明、有很多話可以說。反過來說，這也可能反映一種恐懼：如果我們不多寫一點，就會漏掉一些關鍵的資訊。不管我們話太多的原因為何，事實是：多寫一點，反而更可能使讀者什麼都不讀。

首先，也最重要的是，你寫得愈多，別人就得花更多時間讀。閱讀非小說時，美國成年人平均每分鐘可讀大約兩百四十字——平均每秒只能讀四個字。①雖然多讀幾個字詞或幾段句子需要的時間看起來微乎其微，但它會迅速累積。更多的文字也需要更多專注力。學術研究和我們自己的觀察證實，讀者比較可能去讀字數較少的訊息、構想和請求。

事實上，對於覺得冗長到難以招架的文章，現代讀者已經發展出一個常見、諷刺的短語：「TL;DR」，用來標示某則訊息或某篇文章「太長；（所以我）不讀」。

簡潔的寫作固然能節省讀者的時間和心力，卻需要寫作者投入更多時間和心力。十七世紀數學家布萊茲．帕斯卡以一句致歉道盡這個取捨：「假如我有更多時間，我會寫更短的信。」②（也有人說這句話出自作家馬克．吐溫、哲學家約翰．洛克和其他許多人，可見英雄所見略同。）寫冗長囉嗦的文章相對容易，我們可以把自己的意識流直接轉成文字。要把沒有章法的思想化為清楚、簡潔又明確有力的訊息，需要下更多的功夫。

大多數人從來沒有接受過簡潔寫作的技能訓練。雪上加霜的是，大部分人也沒有受過簡潔編輯（或自我編輯）的技能訓練。研究人員發現，人在編輯時傾向增加文字和內容，而不是刪減。行為科學家嘉柏麗．亞當斯和維吉尼亞大學同事做了一項證明這一點的實例研究。他們請受試者閱讀一篇關於英國萊斯特一座停車場地下發現理查三世遺骨的簡短文章，並寫摘要報告。然後，還請受試者編輯摘要報告，並讓它更能掌握到文章的觀點。結果，八三%的受試者**增加**字詞。③同樣的模式也出現在從旅行記事到專利等各種主題：在編輯的過程中，我們傾向增補而非刪減想法。④

我們把簡潔寫作需要多花的心力視為一筆投資。忙碌的讀者比較願意花時間去讀簡短、清楚、有條理的訊息。如果他們真的花了心思，就更可能帶走最重要的資訊。先多花一點點時間精簡訊息，最後可能幫寫作者省下大量時間，減少後續追蹤、誤解和請求未實現的狀況。

「更多」會嚇到讀者

「少即是多」不只是有用的格言，也是關於忙碌讀者行為模式的實證事實：過長的訊息會嚇阻讀者投入、鼓勵他們拖延。想想你打開收件匣時，看到【圖表4-1】的兩

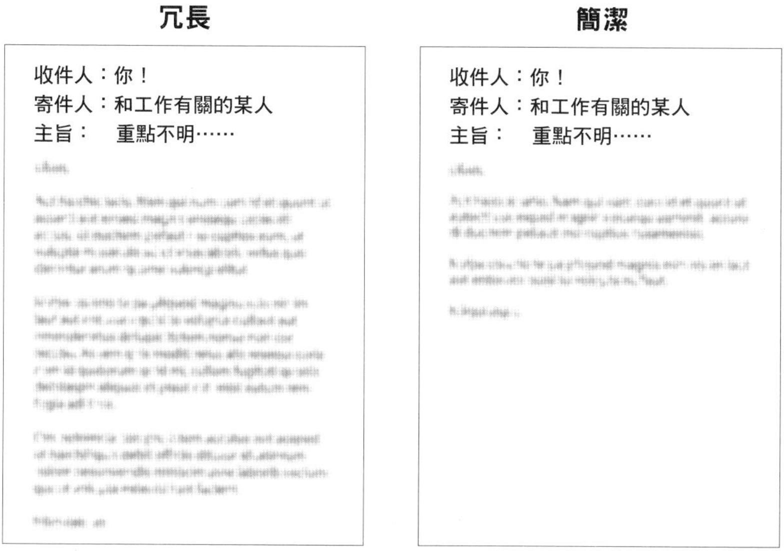

【圖表4-1】

封信。從主旨和寄件人判斷，你知道他們和工作有關。你不會馬上細讀，而是很快掃視訊息的長度。

你會先處理哪一則呢？八成是**簡潔**的那一則，對吧？在我們進行的一項調查，一百六十六名專業人士中，有一百六十五名也這麼說。⑤

讀者常把訊息的長短和它有多難、要花多少時間回應畫上等號，這也是他們可能選擇不要費心讀冗贅訊息的原因。在一項研究中，我們寄出兩種版本的電子郵件給美國各地七千零二名教育委員，請他們完成簡短的線上調查。⑥一個版本超過一百多字；另一個則不到一百字。

冗長版

您好，

我任教於哈佛大學，正在研究教育委員的見解、決策、目標和期望。擔任教育委員的您，肩負重要而困難的職責。您和其他委員此刻做的關鍵決定，未來將深刻衝擊學校及社區裡學生、老師、家庭的生活。我知道在學校進入新學期之際，您又要為許多緊急與重要的決定而忙碌了。像您這樣的學區領導人要一直權衡許多相衝突的利益。您的參與對我正在進行的研究大有幫助。我想向您學習學區領導人如何思考學校正面臨的挑戰。可以麻煩您完成這份簡短的調查嗎？請點選連結：http://surveylink.com。

感謝您撥冗賜教。

泰德．羅傑斯博士，公共政策教授

精簡版

您好，

我任教於哈佛大學，正在研究教育委員的見解、決策、目標和期望。擔任教育委員的您，肩負重要而困難的職責。您和其他委員此刻做的關鍵決定，未來將深刻衝擊學校及社區裡學生、老師、家庭的生活。我知道在學校進入新學期之際，您又要為許多緊急與重要的決定而忙碌了。像您這樣的學區領導人要一直權衡許多相衝突的利益。您的參與對我正在進行的研究大有幫助。我想向您學習學區領導人如何思考學校正面臨的挑戰。可以麻煩您完成這份簡短的調查嗎？請點選連結：http://surveylink.com。

感謝您撥冗賜教。

泰德．羅傑斯博士，公共政策教授

精簡版電子郵件獲得的回應接近**冗長版**的兩倍——回應率四．八%比二．七%。有些讀者可能一看到**冗長版**的長度就選擇看都不看。有些讀者可能沒有讀完，因而沒看到最後的請求，還有些讀者可能看到電子郵件這麼長，就覺得完成調查一定也得花很多時間，因此決定跳過請求（猜想它會十分費勁）。兩封電子郵件請收件人做的是同一份調查，大約五分鐘就能完成。但在另一項研究中，看過**精簡版**的應答者有二九%認為調查頂多要花五分鐘，看過**冗長版**的應答者則只有一五%。多數讀者，尤其是時間緊迫的讀者，可能預期訊息和請求難以處理而放著不讀。⑦

讀冗長訊息讀到一半放棄的讀者，是做出我們所謂的「早退」舉動。他們可能匆匆瀏覽一下正文，覺得它在當下太難應付——太多主題、要求太多行動或有太多字——所以沒讀完就離開，希望之後再回來讀。有些早退者永遠不會回來；其他人可能晚一點會回來，但那時已錯過緊要關頭：已逾付款截止日、投保時間終止，或是有空檔的會議時間全都約滿了。

一般來說，讀者處理冗長訊息的速度，會比處理精簡訊息來得慢。在最糟的情況下，冗長訊息遭逢的命運，會和其他數百封躺在收件匣裡的訊息一樣：永遠不會被讀。在這裡，把這句格言反過來說也許更貼切：**多即是少**。

「更多」會稀釋訊息

有更多字、更多概念或請求的訊息，往往也會稀釋所含的每一項資訊。當訊息包含更多內容，讀者就比較不可能注意、理解最關鍵的內容，或對它採取行動，這有兩個理由。

首先，略讀的讀者可能斷定自己已經了解訊息主旨而離開，但其實他們沒有抓到寫作者的要點。如果訊息只有幾個句子和單一概念，那麼就算很快地略讀也可能看得出核心概念。若訊息較長，讀者就可能不經意跳過重要的內容了。他們也可能只搜尋自己感興趣的內容或概念，一找到就走——不管這是不是寫作者心目中最重要的。換句話說，讀者可能滿足了自己的目標，作者的目標卻未達成。

其次，較長的訊息更容易耗盡讀者的注意力和專注力。在名稱絕妙的研究〈TL;DR：較長的文字段落會增加無意間的走神率〉中，一群美國和加拿大研究人員指出，閱讀較長的訊息時，讀者的注意力更可能漂走。⑧讀者一旦分心、沒有把冗長的訊息從頭讀到尾，就可能漏掉寫作者的關鍵資訊。

簡潔寫作需要狠下心砍掉不必要的文字、句子、段落和概念。刪掉你花了時間精心刻畫的文字可能很難——《寫作的技藝》彙編的經典演說所說的「謀殺寶貝」。[9]但這麼做卻會增加受眾閱讀的可能性。前《時代》雜誌總編輯南西．吉布斯告訴她的團隊，每一個字都須贏得它在句子裡的位置，每一個句子都要贏得它在段落裡的位置，每一個概念也必須贏得它在文章裡的位置。[10]

少的限制

雖然簡潔的訊息明顯勝過冗長的訊息，但多數人仍錯誤地預期訊息愈冗長愈有效。[11]之所以產生這個矛盾，部分是因為，許多一般寫作類型都面臨這樣的緊張：我們想要精確又完整地和讀者交流。我們希望讀者投入且有反應，但也期盼讀者認為我們是細膩、情感豐富又獨樹一格的寫作者。

要平衡這些矛盾不是不可能，只是要付出代價。

有時你可能覺得值得付出多說一點的代價。比如我們曾在新冠疫情期間針對某學區做過實驗。當時他們正實施遠距教學，我們向他們表明，簡潔的訊息會比冗長的訊息得到更多家長的回應（本章後面會更深入探討這點）。學區仍決定繼續使用冗長的訊息。

為什麼學區會執意傳送「較不有效」的訊息給家長呢？因為這麼做能幫助他們達成比獲得學校調查的回應更重要的任務。他們的最高目標是在遠距教學混亂的一年後，重建和家長的溫暖關係。請家長完成調查反倒是第二目標。在權衡優先順序後，學區決定較長的訊息會給人較有感情和人情味的印象。這更有助於成就他們的整體目標，就算意見調查得到的回應較少。

總而言之，高效訊息溝通需要符合交流的背景。我們可以提供指引，但在忙碌讀者面臨重重限制之際，要如何平衡納入更多文字、概念和請求的渴望，必須由你自己根據資訊做決定。我們不會建議寫作者一律把訊息寫得愈短愈好。我們的建議是刪掉所有可以刪的——然後就此打住——來順應你的目標。不同的情境可能需要不同的考量。但多數時候，在為忙碌的讀者寫作時，少即是多。現在讓我們看看如何將「少即是多」實際應用於你的高效訊息溝通。

「少即是多」的規則

規則1：少用一點字

「省略不必要的字」是史壯克和懷特《英文寫作聖經》最雋永的教誨，也是邁向簡潔書寫相當容易的第一步。[12]「whether」（不論、是否）比「whether or not」來得好。「In spite of the fact that」（雖然）可以用「though」代替。「Because」（因為）可輕易換掉「for the reason that」。像這樣的替換（與【圖表4-2】中所列）意思幾乎完全一樣，但可以少用點字，讓訊息看起來比較短，需要的閱讀時間也比較少。範圍更廣的清單，請見附錄。

刪去真正**無用**的詞語能讓你寫得更短，又不致扭曲原意或犧牲精確。因此，擺脫那些囉哩叭嗦的詞語是相對沒有爭議的做法。不過有時高效訊息溝通也需要犧牲並非毫無用處、但也沒有這麼重要的詞語。有時為了節省讀者的時間而犧牲一點點精確性

【圖表4-2】

把這個……（冗贅的）	……換成這個（簡潔的）
costs the sum of（總共要價）	costs（要價）
for the reason that（基於……的理由）	because（因為）
in the near future（不久後的未來）	soon（很快）
that being the case（情況既是如此）	if so（若是如此）
whether or not（無論……與否、是不是）	whether（不論、是否）
personal opinion（個人意見）	opinion（意見）
he is a man who（他是……的人）	he（他）
there is no doubt that（毫無疑問）	clearly（顯然）
ask the question（問……問題）	ask（問）
had done previously（之前做過）	had done（做過）
hurry up（加緊腳步）	hurry（趕緊）
off of（脫離……之中）	off（脫離）
plunge down（直線下降）	plunge（驟降）
soft to the touch（摸起來很軟）	soft（軟）
spell out in detail（詳盡地說明）	spell out（詳述）
start off（首先開始）	start（開始）
with the exception of（除了……例外）	except（……除外）
described as（被描述為……）	called（叫）
in order to（為了……的目的）	to（為了）
one of the reasons（原因之一）	one reason（一因）

和意義也值得。

我們和「記者資源」（Journalist's Resource）組織一起進行的研究，闡明了策略性刪減的好處。該組織每週發送一封電子郵件給五萬多名新聞記者，內容包含即時話題的資源。二〇二〇年八月，該組織的專業作家寫了一封時事通訊，提供訂閱者六種資源，可深入了解雇主未依法律與勞動契約規定支付員工應得收入的「工資盜竊」情況。依照我們的建議，他們把原版通訊編輯成更精煉、字數僅原本一半（原本五六六字、精簡後二七五字）的版本，但六種資源的連結全部保留。

簡潔版的「記者資源」通訊保留了他們想要分享的重要內容，例如：一項研究顯示，工資盜竊在公司績效不佳時較可能發生。但為了減少字數，編輯後的通訊省略了較不重要的支持性細節，比如出自某位作家的引言——寫作者認為這與主題相關，但非必要。有半數訂閱者收到原版，另一半則收到精簡版。收到精簡版的訂閱者，點選資源連結的人數是原版的兩倍。⑬ 移除沒這麼重要的細節會損失一點點資訊，卻會大幅提升讀者投入的程度。

另一項研究分析了一家顧問公司的內部通訊，結果也得出相同的結論。研究人員發現，與較長的電子郵件相比，員工對較簡短、重點比較突出的電子郵件的回覆速度較快。研究人員把結果提交給公司一批高階主管時，也出示了兩封電子郵件——一封重點突出，一封雜亂無章——並請教高階主管會如何處置那則冗長、雜亂的訊息。不只一位回答：「我會刪掉。」⑭

規則2：概念少一點

簡潔寫作不光要限制總字數，也要限制一則訊息包含特定概念的數量。想像一下，如果收到朋友傳來這樣的簡訊，你作何感想：

期待今晚六點半的餐敘。我們去海洋大道六五一號的蒂娜義大利餐廳吃飯吧。他們的麵包棒超讚，我去年春天吃過。我還沒吃過他們家的千層麵，但我準備好了。據說很美味。我們提前十五分鐘在我家碰面，走過去就好。山姆和喬伊也會和我們一起用餐。

這則訊息起碼包含八個概念：

一、寫作者期待六點半的晚餐。

二、晚餐地點在蒂娜義大利餐廳。

三、蒂娜義大利餐廳的地址是海洋大道六五一號。

四、蒂娜義大利餐廳有好吃的麵包棒，寫作者在春天吃過。

五、寫作者沒吃過蒂娜義大利餐廳的千層麵。

六、寫作者聽說蒂娜義大利餐廳的千層麵很美味。

七、寫作者希望讀者六點十五分來寫作者住處碰面。

八、山姆和喬伊會一起用餐。

資訊很多欸！這個例子很極端，卻闡明了我們全都經歷過的這種過多。很多人也犯了製造這種「過多」之過。

這則簡訊的寫作者似乎希望這八個概念讀者都能知道，但從情境來看，最重要的概念似乎是第七個：碰面的時間和地點。納入所有其他概念會降低讀者堅持到那個重點的機率。讀者可能會被字數和概念數嚇到，決定連看都不看，也可能讀完訊息，但被其他七個概念分散注意力，因而不記得或沒專心讀對寫作者最重要的資訊。不論哪一種，縮減概念數量都有助於確保讀者接收到那個重點。這則簡訊全文其實大可濃縮成：晚上要聚餐囉。六點十五分到我家碰面。

一如刪減字數，縮減概念也需要放棄相關但沒這麼重要的資訊，進而強調較重要的資訊。這可以大大提升明晰性，就連像簡訊這麼簡短的通訊形式也沒問題。我們做過一項測試，在新冠疫情爆發之初，傳簡訊給一個廣大公立學區的家長，請他們完成僅需一分鐘的線上調查。兩萬兩千六百九十四名家長當中，半數收到一則超過三十字的簡訊，後文稱為**冗長版**訊息（雖然這則超過三十字的訊息實在稱不上囉嗦）。另外一半則收到刪減的版本，後文稱為**簡潔版**訊息。

冗長版

簡訊（一）：感謝參與〔本學區〕夏季資訊更新！我們明白遠距教學相當辛苦。我們希望幫助您，並得到您的回覆。

簡訊（二）：請撥冗一分鐘完成以下調查，協助我們改善計畫：

〔調查連結〕

簡潔版

簡訊（一）：感謝參與〔本學區〕夏季資訊更新！

簡訊（二）：請撥冗一分鐘完成以下調查，協助我們改善計畫：

〔調查連結〕

冗長版訊息多寫了兩個句子，目的在承認和同理家長在疫情期間經歷的掙扎。這兩句話或許能增添溫暖，但也提出了有別於請求參與調查的概念。最後，**簡潔版**訊息獲得的家長回應比**冗長版**多六％：差距雖小，但意義重大。

在另一項實驗，我們測量在募款電子郵件中運用較少概念和較少字數的影響。電子郵件寄給七十七萬六千一百四十五名準捐獻者，捐獻對象是一位角逐州政府公職的候選人。原本**冗長版**的競選文宣分為六段，最後才提出捐獻訴求。文章包含好幾個具說服力的事實，包括最新民調數字和對手募款的最新進度等。募款界向來相信訊息愈長愈有效，這使我們燃起好奇，很想測試這種觀念。

檢視**冗長版**時，除了基本的捐獻訴求之外，我們遲遲無法判定哪些概念最為重要。徵得競選團隊同意，我們任意刪除第二、四、六段，大致減少一半的概念。在獨立抽樣調查中，大多數受訪者認為，比起**冗長版**的電子郵件，**簡潔版**的段落與段落之間較不連貫。⑮然而，當競選團隊測試這兩則訊息時，**簡潔版**募到的錢比**冗長版**多一六％。

冗長版

收件人：你！

寄件人：〔候選人名字〕

日期：〔X年X月X日〕

主旨：〔主旨〕

〔你的名字〕，我希望您先從我這裡聽到這個不可思議的消息：

這場〔XXX〕選戰，民調原本一再顯示我和落選過的〔競選對手名字〕難分軒輊。

現在，我們這場由民眾發起的選戰正式開打——全新的五三八民調分析顯示，我們領先X個百分點：X%比X%！

但這裡有個壞消息：共和黨人正蠻幹到底。〔競選對手名字〕已經花了X百萬美元要買下這席，米奇．麥康諾和他聲名狼藉的大老黨盟友也保證要再撒

X百萬美元摧毀我們的動力、力保他們的極右派多數。

共和黨人知道如果我們在〔XXX州〕敗選，民主黨將〔XXXXXXXX〕。

就這麼簡單。而這正是今晚之前我們**設定目標**籌款兩萬五千美元的原因：**維持聲勢、抗衡大老黨的攻擊，進而贏得選戰。**

但現在，我們手頭拮据。如果我們不縮減這個差距，〔競選對手名字〕就可能奪回領先——而且〔XXXXXXXX〕。所以我必須呼籲：

拜託，〔你的名字〕，您是否能趕緊惠賜〔X〕美元以上的禮物，幫助我們達成草根民眾的目標、把〔XXX州〕翻成藍色，而且〔XXXXXXX〕？

非常感謝您慷慨解囊。

〔候選人名字〕

簡潔版

收件人：你！

寄件人：〔候選人名字〕

日期：〔X年X月X日〕

主旨：〔主旨〕

〔你的名字〕，我希望您先從我這裡聽到這個不可思議的消息：

現在，我們這場由民眾發起的選戰正式開打——全新的五三八民調分析顯示，我們領先X個百分點：X%比X%！

共和黨人知道如果我們在〔XXX州〕敗選，民主黨將〔XXXXXXX〕。

就這麼簡單。而這正是今晚之前我們**設定目標**籌款兩萬五千美元的原因：**維持聲勢、抗衡大老黨的攻擊，進而贏得選戰。**

拜託，〔你的名字〕，您是否能趕緊惠賜〔X〕美元以上的禮物，幫助我們達成草根民眾的目標、把〔州〕翻成藍色，〔XXXXXXXX〕？

非常感謝您慷慨解囊。

〔候選人名字〕

無論如何，絕大多數寫作者都會面臨這樣的取捨：少講一點概念，觸及更多讀者，或者犧牲一些讀者，多講一點概念。至於多少概念叫太多，或是哪些概念重要到非留不可，並沒有普世一致的通則，不過有同樣的基本原則：在你特定的情境下，削減愈多愈好。一如文字，更多概念會嚇得讀者不想花心思，就算花了心思，也會降低他們掌握關鍵資訊的機率。

規則3：請求少一點

刪掉我們已經寫下去的寶貴文字和概念可能就夠難了，但高效應用文寫作還需要第三種白我約束，這也可能最有挑戰性的：少一點請求。通常我們會希望讀者採取多種行動，例如：審閱文件、回答問題、提供資訊，甚至重新思考諸如移民或環境等核心信念。在開始增加自己的目標之前，請記得：讀者是多麼容易出神和分心，以及他們是如何和一心多用奮戰。要求忙碌的讀者**多**做點事，反倒可能使他們做得更**少**。

想像你收到同事傳來的訊息，裡面包含兩個請求：審閱一份很長的文件、回覆一個你已經知道答案的問題。前者相對耗時，後者可能只需花你兩分鐘。你可能兩件事都拖到有時間一起做才執行。或者，如果你有時間，有可能從其中之一著手。既然人傾向從自己認為比較簡單的事情下手，你可能會先回答那個問題。但接下來也許就會離開去做下一件待辦事項，因而忘了比較難的請求：審閱長文件。

諸如此類的經驗不時發生。這可能造成深遠的影響，尤其是請求和重要議題有關的時候。謹記這點：一組研究人員最近著手研究什麼樣的訊息最能有效促使人們採取減緩氣候變遷的行動。⑯研究人員告知超過一千五百名受試者氣候變遷的危害，要求他們採取行動。然後他們提供一張表給一些受試者，表上列了二十種相對簡單的行動，都是他們可以身體力行來降低個人對環境的衝擊，例如：隨手關燈和電器、買低水量的蓮蓬頭等。其他受試者則只提供一、五或十種建議行動。

比起給予二十項相對簡單的建議，少給點建議（一、五、十項）反而使受試者平均多採取兩項行動。獲得二十項建議行動的受試者可能覺得訊息超出他們所能負荷，無法決定要進行哪一項。有些人也可能一看到這麼多建議行動，就連讀都不想讀。我們不明白究竟是哪種認知機制發揮了作用，但確實知道，提供較多選擇給讀者，他們反而更可能一個也不做。

過多的請求，不僅降低讀者採取行動的機率，也會使他們更不容易察覺和記得訊息裡的關鍵資訊。比方說，要是獲得二十項建議環境友善行動的受試者望之卻步，結果未讀完訊息，那他們就會錯過行動建議表之外有關氣候變遷的其他重要資訊。

少向讀者提出一些請求這點，再次帶給寫作者壓力：他們必須排定目標的優先順序。廣受歡迎的「行為科學家」（Behavioral Scientist）網站實行一項計畫來提升紙本雜誌的銷售。他們發了一封推廣電子郵件給一組訂閱者，介紹當期紙本雜誌的內容，附上「了解更多」的連結，外加介紹前一期雜誌的類似資訊與連結。雜誌團隊的第一要務是推廣最新一期，但他們盤算著：只要能吸引讀者注意，或許也可以促銷前一期雜誌。

既然「行為科學家」是由（你一定猜到了）行為科學家經營，他們決定測試移除低順位的請求能否提升高順位請求的達成率：讓讀者點選當期雜誌的「了解更多」連結。僅提供單一連結的電子郵件，該連結的點選率高出五〇％。置入第二個連結或許看似「紅利」，能提高讀者參與率，結果適得其反。納入第二個（前一期）的連結會轉移讀者對最重要請求的注意力，大幅減少他們照做的可能性。

另一項研究顯示，電子郵件電子報的讀者也有同樣的模式。美國全國經濟研究所是頂尖經濟學者組成的網路，每週出版備受推崇、介紹該領域新工作的時事通訊。每一份通訊都簡短描述組織會員當週提交的所有期刊文章，以及可連上這些文章的連結。每星期收錄的文章數量差距甚大，這星期可能有十篇，下星期可能有三十篇。

該組織的研究人員進行了一項研究，檢視在週訊裡增加文章數會不會影響每篇文章對該領域造成的衝擊，以及獲得媒體報導的次數。⑰與「少即是多」的主題一致，他們發現當電子報收錄愈多文章，讀者就愈少點選每一篇文章。平均來說，某一週的文章數加倍，就會降低任一文章的媒體報導率達三〇％。這也會降低（雖然程度沒那麼劇烈）讀者點選連結瀏覽學術論文的次數、讀者下載文章的次數，以及文章被其他學者引用的次數。

經濟學電子報的讀者和你我所有人一樣，時間和注意力也有限。面對更多需索注意力的要求，也就是更多要點選的文章時，他們不會為此投入更多時間。他們乾脆減少點選次數。顯然，未來有諾貝爾獎資格的研究會產生何種衝擊，有部分是取決於它發表的那個星期是否沒什麼新聞可報。

我們在日常生活也可以看到同樣的效應上演（只是規模較小）：我們傳訊問朋友兩個問題，結果只得到一個問題的答覆。我們收到指示多項任務的工作電子郵件，結果我們只貫徹其中一項，或者一項也沒有。簡言之：簡潔很重要。

5

原則（二）：易讀至上

電視劇《歡樂單身派對》有一集演到主角傑瑞開著租來的車出車禍。歸還毀損的車時，他驚訝地得知自己買的保單不會理賠。在他和租車商爭執時，租車商開始數落他：「先生，如果你讀過租賃協議書——」傑瑞用他招牌的憤慨語氣打斷租車商：「你沒看到那文件有多大疊嗎？那跟《獨立宣言》沒兩樣，誰會讀那種東西啊？」

傑瑞的回嘴觸及高效訊息溝通的兩大阻礙：長度和複雜。我們已經知道文字訊息的長度可能打消讀者讀下去的念頭，讓他們更不可能掌握其中的關鍵資訊。複雜會引發類似的問題，讓閱讀過程過度困難且煩人。

「可讀性」是一種判斷訊息有多複雜的方式，它提供一種量化的標準來測量訊息有多容易或難以閱讀。測量可讀性的公式不勝枚舉，不過一般是經由分析用字的類型、句子的長度，以及文章的整體結構和語法來判定。評定結果可協助指導民眾閱讀、幫學生媒合難度適當的文章，以及評估讀者的閱讀能力。一九一七年，美國軍方在參與一次世界大戰時率先制定可讀性指標，用來評估士兵是否有足夠的閱讀能力來執行他們的工作。①

可讀性的測量標準的標示通常以數字得分，或是讀者需要念完學校幾年級才能理解文章（以美國教育體系為基準）。例如：一段依七年級閱讀程度撰寫的文字，一般七年級學生應該都能理解。讀懂《紐約時報》需要十一年級的閱讀程度；讀懂一般的童謠則需要四年級的閱讀程度。

以年級為衡量標準顯然有些問題，因為全美各地的學校體制和標準相差甚遠（更別說世界其他地方了）。但對高效訊息溝通者來說，最重要的概念是可讀性本身的性質。較短、較常見的詞語本來就比較容易讀，較短、較單純的句子也是。

易讀的文字效果好

「我不需多少理由就能停止閱讀一份文件。所以如果我看不懂，就不讀了。」

「明明那些字都認得，但我還是看不懂這堆不知所云的內容！我覺得這非常傲慢又惡質。」

「我很納悶：我為什麼得做這件事？」[2]

我們都可以想像普羅大眾說這些話來描述他們和律師打交道的經驗。每個領域都有自己的術語和行話，但律師更是已臻化境。複雜、難讀的訊息較不可能讀，就算**真的**讀了，也不太可能會懂。然而，人們在實際撰寫訊息時，卻往往未著眼於可讀性。簽過合約、租契，或（像傑瑞那樣）租車協議書的人一定都很熟悉那些連珠炮一般難以理解、不知所云的法律語言。

各公司知道他們的條款和細則，以及法律文件很少人讀，因此偶爾會用這種沒人看得懂的情況偷偷開個小玩笑。二〇一七年，英國有兩萬兩千人在不知情下於註冊免費公共無線網路時同意進行一千小時的社區服務。英國Purple無線網路公司表示，它故意插入這個條款來證明「消費者對自己簽了什麼一無所知」。[3]二〇一〇年，GameStation公司在授權合約裡加入「愚人節條款」。除非用戶採取額外的步驟，GameStation被授予「不可轉讓的選擇權，可從現在開始永遠主張你不朽靈魂的所有權」。[4]我們無從判定GameStation已透過合約奪取多少靈魂了。

但日常寫作不好讀，卻可能對我們的生命造成一點也不好笑的後果。研究顯示，在醫療研究中簽署知情同意書的病患，有六成並不了解同意書包含的資訊。⑤讓病患參加他們不完全了解的醫療研究，是合乎倫理的嗎？多數人或許會給否定的答案。但反過來說，重要的醫學進展依賴病人同意參與，而同意的規則是由本身極為複雜的規則和規範決定。就算科學難以解釋，我們仍須找到更好的方式來說明。

醫學真的太複雜而無法簡單傳達嗎？我們不這麼認為。簡化寫作是可能的，而這麼做可以大幅提升大多數情況的實際交流。提高可讀性能在不影響主要資訊傳達下，增進對法律文件⑥和教科書⑦的理解。

就算在社群媒體，人們也比較會參與交流的，是寫得簡單的社交貼文，而不是複雜的。一項研究分析了三年間上傳到當紅攝影部落格《紐約人》的四千多篇臉書貼文。⑧社群媒體上文字簡單的貼文確實獲得比較多的讚、留言和分享。在這些貼文中，增加一個年級的可讀性（比如從適合五年級學生閱讀，調整為適合四年級學生閱讀），可多獲得超過一萬六千個讚。

網路上無所不在的觀光景點評論也看得到類似的模式。⑨旅人常仰賴這樣的評論來決定去哪裡參觀、吃飯和睡覺，但隨著評論的數量（和類型）不斷增長，我們愈來愈難評估哪些評論可以信任。受歡迎的旅遊網站Tripadvisor設計了名叫「這個評論有幫助嗎？」的功能，讓旅人可以給其他旅人的評論打分數。拿到最多票數的評論，在網站上的排名會往前。研究人員分析了四萬一〇六一篇針對紐奧良一〇六個景點所寫評論的可讀性。毫無意外：評論的可讀性愈高，獲得的「有幫助」票數就愈多。

雖然可讀性提高，一般可轉化為效率提升，不過也有例外。在很多情況，讀者對於何謂適當的寫作風格有強烈的社會或文化期望；如果我們的寫作方式未能符合這些期望，也可能影響讀者接收訊息的狀況。例如：平均來說，提交給美國國家衛生院的補助申請，較複雜的書寫會獲得較多資金。據觀察，Kickstarter、GoFundMe等募款網站的申請書也有同樣的效應。⑩在這些背景下，讀者可能覺得複雜的寫作代表付出較多心力、智慧較高，也比較認真。

話雖如此，在有些時候，讀者就是不了解你想表達什麼。採用以下「少即是多」的改良版很少出錯：在能吸引目標讀者的前提下，盡量化繁為簡。你固然需要注意情境因素，但請記得，比較容易讀的文字，基本上就是比較有效的文章。

易讀的寫作很清楚

認清以下這點很重要：字寫得比較少，不見得代表文章比較容易理解。畢竟，人們可以用非典型和不節制的用語來構成簡潔的語言單位。（翻譯：你可以用不常見的長字來寫出短句。）你選用哪些詞語也很重要。假設兩則訊息字數相同，閱讀用字較簡單的訊息所需的時間和心力較少。[11]

若其他條件相同，不好讀的文字訊息較不可能吸引讀者投入，也較不可能獲得理解。閱讀較複雜的文章時，讀者比較容易分心和恍神。[12]一旦不了解訊息的意思，或是沒有時間了解，讀者甚至可能乾脆放棄。用不必要的複雜風格寫作，可能會在現實世界造成嚴重影響：公開的文章好讀與否，會影響病人是否了解他們同意參與的醫學研究[13]、公民會不會投票[14]，以及爸媽是否願意讓孩子上學[15]。

較不易讀的文字也會對英語素養有限的個人造成顯著的影響，這當中還有很多人是歷史上與體制上被排擠的族群。大約半數美國成年人的閱讀能力在八年級以下。[16]有二〇％美國成年人把英文當第二語言[17]，而一些研究人員評估，有類似比例的人受閱讀障礙所苦。[18]對這些人而言，較不好讀的文章儼然形成又一道接收資訊的障礙。

但就算是閱讀素養最高、最流利的讀者，也比較可能閱讀和理解較單純而非複雜的訊息。自己試驗看看：你覺得以下哪一篇比較容易閱讀呢？如果你和多數人一樣，就會覺得讀八年級那篇迅速且容易得多。

大學二年級的閱讀程度

可讀性會表現為單一量化的分數，或是一般預期讀者必須念完學校哪一年級才能理解文章（基於美國學制）。

舉例來說，《紐約時報》是依照十一年級閱讀程度撰寫，大多數童謠則依照四年級閱讀程度撰寫。降低所需的閱讀程度，即運用短而常見的字彙、短句、簡單的句型結構和主動語態，可以增進理解。

八年級的閱讀程度

文章的可讀性通常以數字表示。有些時候則是告訴你讀者需要念完學校幾年級才能理解文章（基於美國學制）。

舉例來說，要有十一年級的閱讀程度才讀得懂《紐約時報》。要讀懂大部分的童謠，則需要四年級的閱讀程度。要降低閱讀程度，可以使用短而常見的字、短的句子、簡單式和主動語態。這麼做可以幫助更多讀者了解訊息。

山姆大叔明白這點。法律規定美國聯邦機構必須用容易閱讀的方式向大眾傳播。《二〇一〇年白話書寫法案》（*Plain Writing Act of 2010*）要求這些機構以大眾能夠「理解和使用」的「淺白」語言書寫。依照這項規定，每一份美國聯邦文件，從聯邦稅務表單到社會安全福利申請書，都必須以簡單明確的語言撰寫。諷刺的是，《聯邦淺白語言準則》（*Federal Plain Language Guidelines*）[19]本身卻是長達一百一十八頁、依十年級閱讀程度撰寫的文件。可以想見，政府管理高效訊息溝通的成效不會太好。

正如寫作者動輒使用太多詞語和納入太多概念，他們也傾向運用太過複雜的語言。這個問題無所不在，不是只存在於政府文件和醫療同意書。

二〇一九年，兩位法律和商業研究人員分析了五百多個普通網站的條款與細則發現，平均而言，它們的可讀性足以與學術期刊論文媲美。在這個等級，絕大多數成年人是無法徹底讀懂協議的。[20]

信用卡協議、研究同意書和保險文件也有同樣情況。[21]在某些例子，這可能是故意為之——雖然不道德。信用卡公司可能不希望顧客讀完所有條款與細則，這樣就不會明白累積滯納金和未償款項利息的全部後果。租車公司可能由衷希望顧客不會注意到他們得自行負責哪些種類的毀損。對心懷不軌的公司或個人來說，降低文件的可讀性是一種隱匿資訊的手段——因為他們不希望消費者知道。

既然你正在讀這本書，我們相信你和我們一樣，是反其道而行。我們致力於確定讀者了解我們非說不可的事情，所以著眼於提升可讀性的策略。我們也有提升可讀性的規則：最重要的是用較短、較常見的詞語、平鋪直敘，以及寫短一點的句子。[22]

易讀寫作的規則

規則1：用短且常見的詞語

一百多年前，馬克．吐溫這句話簡潔有力地表現了簡單語言的重要性：「五毛錢的詞語可以做到的事，別用五塊錢的詞語做。」[23]（好啦，**或許**是他說的。這句引言的實際出處不明——主要是因為這麼多年來有太多人講、講了又講。）五塊錢的詞語多半比五毛錢的晦澀、複雜、「炫」。就我們的目的而言，最重要的是這些詞語通常比較難、要花比較多時間讀。就拿「acquiesce」（默許）和「agree」（同意）來說好了，哪個比較容易讀、容易了解呢？

一般來說，音節較少和較常用的字詞比較容易讀，也讀得比較快。Google有一項工具叫Ngram Viewer，顯示不同英文單字在網路上所有文章的使用頻率。[24]這項工具告訴我們，當兩個字同義時，比較短的那個通常比較普遍。例如：「Next」比「subsequent」（後面的）常用、「get」比「acquire」（獲得）常用、「show」比

「demonstrate」（顯示、證明）常用。寫作好不好讀的關鍵要素是：高效訊息溝通者要捨棄五塊錢的矯揉造作，用較短、較常見的詞語取代較長、較不常用的詞語。

請注意，我們這裡合併了兩個概念。較短的詞語通常比較長的詞語易讀，**以及**常用的詞語一般比不常用的詞語易讀。這兩個概念常趨於一致：例如「slow」（減緩）這個詞的字母和音節都比「hinder」（妨礙）來得少，「slow」也比較常用。不過單字的長度，偶爾和常用程度不一致，比方說，「erudite」（博學的）的音節少於「knowledgeable」，但「knowledgeable」的常用程度是它的五倍。在這種情況，我們傾向選擇較常用的詞語，因為就算它比較長，卻有比較多讀者明白它的意思。

你的遣詞用字產生的影響是會累積的，也逐漸使你的寫作更容易或更難讀。請想想下面兩個句子：

⊙ **不易讀：** When scribes use sophisticated and unconventional words, it may hinder readers' comprehension.

（文書者使用複雜、不符慣例的詞語，可能會妨礙讀者理解。）

⊙ **易讀：** When writers use fancy and unusual words, it may slow readers' understanding.

（寫作者使用花哨、不常見的詞語，可能會讓讀者了解得比較慢。）

這兩個句子英文字數相同（十二字），但**不易讀版**的用字有比較多音節（二十五），多於**易讀版**（二十一）。**不易讀版**的詞語也較不常用：「scribes」比「writers」不常用、「unconventional」比「unusual」不常用、「hinder」比「slow」不常用。讀者可能要花比較長的時間來辨識較不常用的詞語，這會減緩他們的閱讀速度、耗損他們的注意力。

舉個現實生活的例子，加拿大有個城市貼出的一塊標語，贏得二〇一四年通俗語言中心組織頒發的WTF獎。[25]你可能聯想到「WTF」的另一個意思，不過這裡代表「Work That Failed」（失敗的作品）。每一年，WTF獎會頒發給一則根本沒必要這麼難讀的政府通訊，請見【圖表5-1】。

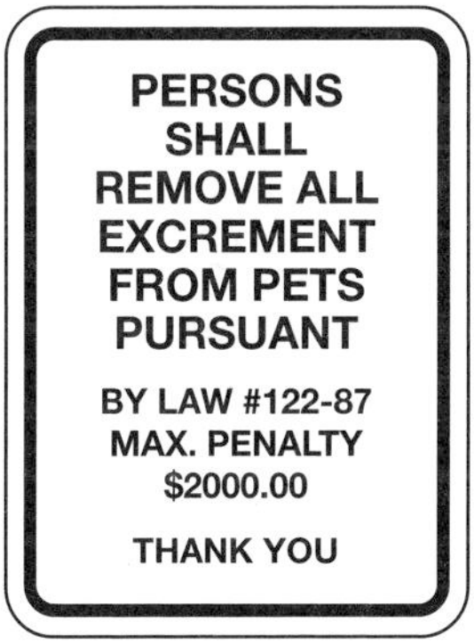
PERSONS SHALL REMOVE ALL EXCREMENT FROM PETS PURSUANT
BY LAW #122-87
MAX. PENALTY
$2000.00
THANK YOU

【圖表5-1】
人該移除隨行寵物的所有排泄物
依法#122-87　最高可罰兩千元
謝謝

天曉得因為這標語毫無必要地複雜，有多少人並未清理寵物的糞便。顯然，與使用較短、較常用詞語的訊息相比，即使是熟知官樣文章的讀者，也得花較久的時間才能讀懂這個標語。我們向學生出示這個標語時，有個學生建議改寫成【圖表5-2】的訊息。在我們看來，這個版本好太多了。

SCOOP
YOUR
PET'S
POOP
BY LAW #122-87
MAX. PENALTY
$2000.00
THANK YOU

【圖表5-2】
挖走你寵物的糞便
依法#122-87　最高可罰兩千元
謝謝

使用較簡短和較常用的詞語可以讓各式各樣的寫作更有效——甚至包括推特，該媒體已強制規定發文要簡潔（每則上限兩百八十個字元）。研究人員根據詞語的普遍性，分析了數十萬則推文的可讀性。使用最常用詞語的推文，獲得的「轉推」數比使用最不常用詞語的推文高出七五％。[26]所以你或許也不會想在推特上發布關於「根據×××」的說明。

不過，寫作者有時會需要無視可讀性的規則來傳達特定的訊息或語氣。例如：他們可能會用較不常用或較複雜的詞語來展現其專業、智慧或重要性。有些專業領域已發展出專業詞彙，來精確地討論非專家無須討論的概念。在其他背景下，書寫的複雜程度或許會做為一種評估寫作者能力和智慧的經驗法則。若是讀者與寫作者之間存在權力關係，這可能尤其重要。地位相對低（比如職業階級或社會地位）的寫作者如果寫得太簡單，可能會冒了被視為不夠聰明的風險。相反的，地位較高的寫作者若能說話直率，則可能贏得喝采。

麻煩會出現在寫作者不明智地使用花哨的詞語，因而妨礙讀者理解，也阻礙寫作者本身達成目標時。在很多情況，使用像是「sophisticated」而非「fancy」之類的詞語，會給人造作或排他的印象。在這本書的初稿中，我們用「捷思法」而非「經驗法則」來描述人們為了減少做決定或理解情況所需付出的心力，走了哪些概念捷徑。這兩個詞指的是同一件事。我們一開始寫「捷思法」是因為這是學術界的標準用語——但其他地方很少人用。所以回頭修正時，知道就我們的目的而言，「經驗法則」這個詞的效果比較好。

絕大部分的應用文寫作並不需要使用較長或較不常用的詞語，甚至不會因此得利。較複雜、較不易讀的語言，劣勢可能十分顯著。在一項研究中，研究人員請受試者讀一百八十八家上市公司發布的道德守則，然後評定他們相信這些公司多講道德、多值得信賴。結果道德守則較不易讀的公司被評為較不道德、較不值得信賴。[27]

有些研究顯示，運用較簡易詞語的寫作者，其實看起來**更**聰明。提出這項成果的學術論文有個逗趣的標題：〈罔顧必要性而使用博學行話的後果：不必要地使用長字的問題〉。[28]該研究發現，大學生認為使用複雜語言的寫作者，不如使用較簡單語言的寫作者聰明。這篇論文贏得二〇〇六年搞笑諾貝爾文學獎——授予「乍看好笑，卻又引人深思的成就」。

就連在學術界的寫作方面，也有轉向易讀的趨勢。集合了行銷界專家學者的美國市場行銷協會這麼告知準作者：它的期刊「旨在供人閱讀，而非解碼」。[29]聲譽卓著的《自然》期刊明文規定投稿的文章必須「寫得簡單清楚，讓非本學科及母語非英語的讀者也能親近」。[30]原來學者和一般人一樣欣賞高效訊息溝通啊。一項研究甚至發現，最易讀的學術文章得獎的可能性，是最不易讀的五倍。[31]

如果你必須在可讀性和較長、較不常用但（可能）較精確的用字之間做取捨，請問自己兩個問題。首先：詞意上的細微差異，對於傳達句子的精髓有多大用處？第二，如果使用較難讀的詞語傳達更精確的意思，會使願意投入且能理解的讀者變少，也讓這些讀者必須耗費更大的心力——付出這樣的代價是值得的嗎？情況不同，需要的解決辦法也不同，但寫作者應時時衡量自己加諸忙碌讀者的成本。那些五塊錢的詞語可能並不值得。

規則2：寫平鋪直敘的句子

讀某些詞語要付出的時間心力比其他詞語來得多，句子也是如此。人類是先演化成會說和聽，遠比發展讀寫能力來得早。因為我們傾向用不完整、簡短的句子交談，我們的大腦也演化成較容易理解這種語言結構。長且完整的句子在口語相對不常見，因此會對我們有限的心智能力構成挑戰。這個演化觀點可能有助於引導高效訊息溝通。這乍聽之下或許像個簡單、甚至幼稚的建議，但了解如何寫出較短且較直截了當的句子，是極為實用的技能。

有許多語法方面的方法可用來提升句子的可讀性，例如：使用主動語態、第一人稱、平行結構，以及讓主詞、動詞及受詞盡可能靠近彼此。[32]但這類規則可能複雜到難以描述、記憶和貫徹。（有多少人知道「平行句構」的意思啊？）為求簡單明瞭，我們把這些方法通通捆在一起，形成單一引導概念：**讓讀者只要讀一遍，就能理解句**

子的意思。

平鋪直敘的句子會照邏輯順序推進，而且將所有相關詞語緊靠在一起。每一字都建立在前一字的基礎上，協助讀者在句子快到結尾時理解句意。這種結構讓讀者只要耗費最小的心力，就能迅速了解句子的主旨。

- **較不直接**：The way this sentence is written, given its extra clause and strange phrasing, I wonder if people will understand it.
- **較直接**：I wonder if people will understand the way this sentence is written, given its extra clause and strange phrasing.

（這個句子用了附加子句和不熟悉的措辭，我懷疑人們能否讀懂它的書寫方式。）

兩個句子文法都正確，詞語也一模一樣。唯一的差別在順序不同——但影響甚鉅。「I wonder if people will understand」（我懷疑人們是否讀懂）和「the way this sentence is written」（這個句子的書寫方式）相關。在「較不直接」的版本，「（因為）用了附加子句和不熟悉的措詞」打斷了這兩大組成部分。等讀者來到「I wonder if people will understand」這裡，可能不確定它到底指什麼。他們可能需要跳回句子開頭，再試一遍。反觀「較直接」版本的讀者就可以隨著一字一詞的累積，逐步理解這個句子。

平鋪直敘的句子會把相關聯的詞語排在一起；先看過前面的詞語，就能自然理解後面在說什麼。也就是說，平鋪直敘的句子不需要讀者跳來跳去。讓相關詞語緊連彼此、井然有序，能提高讀者讀過一遍就徹底理解句意的可能性，降低他們索性放棄閱讀的機率。

規則3：句子寫短一點

我們已見過少用一點字的好處。但就算總字數一樣，把句子寫短一點，通常能讓訊息更容易讀。你可以自己驗證：讀兩個各有十個單字的句子，通常比讀一個有二十個單字的句子來得容易。長久以來文句的平均長度持續縮短，或許是有道理的。[33]一八〇〇年出版的小說，平均每個句子有二十七個單字，二〇〇〇年出版的小說則只有十個單字。[34]

你可能在想一個問題，我先解釋一下：句子變短不代表我們變笨。恰恰相反：許多研究發現，全球各地民眾的智商是節節升高的，這個現象稱為「弗林效應」。[35]無獨有偶，美國總統就職演說撰寫的句子也愈來愈短。一七八九年華盛頓總統演說的前五句話，平均一句有六十四個字，反觀二〇二一年拜登總統演說的前五個句子，平均每句只有七個字，請見【圖表5-2】。我們不是只挑選對自己有利的資料。不管朝哪裡望去，我們幾乎都看得到句子長度逐漸且持續縮減的現象。[36]

是哪些原因促成這種變化，學者仍無定論，但其一大影響顯而易見：句子已經變得更容易讀了。這個趨勢對身為高效訊息溝通者的你大有幫助。這代表短又易讀的句子除了便於閱讀，也愈來愈普遍，文化也接受了。

短句比長句容易讀的一個原因，可能是較長的句子通常包含不只一個概念。讀者通常要理解一個句子才會繼續讀下一個。「眼動追蹤」研究可以捕捉這個過程。讀者的眼睛在觸及句子結束的句號時會停頓一下，似乎在處理和整合那個句子。[37]句號暗示某個完整的概念已經說完。於是讀者可以稍事停頓、處理一下、確定自己理解這整句話了再繼續。較長的句子需要讀者在心裡留住更多內容，才能處理完整的句子——這是較吃力的認知工作，尤其是句子含有好幾個獨立概念的時候。

請想想，如果我們把以下這一段的前兩句話合併起來，會發生什麼情況：

⊙**分開**：我們已經見過少用一點字的好處。但就算總字數一樣，把句子寫短一點，通常能讓訊息更容易讀。

⊙**合併**：我們已經見過少用一點字的好處，但就算總字數一樣，把句子寫短一點，通常能讓訊息更容易讀。

分開的句子原文有三十個單字、兩句話、兩個概念；兩句話各有一個主要概念。合起來看，這兩句話是依八年級的閱讀能力撰寫。**合併**的句子用同樣的字數，但合併成一個長句。文法依舊正確，但兩個概念現在包含在同一個句子裡，使讀者必須一邊讀、一邊處理和追蹤。就算**合併**的句子使用的字數和**分開**的句子一模一樣，它的長度已讓它一舉躍升至大學二年級的閱讀程度了。

【圖表5-2】兩位美國總統就職演說：開頭五句[38]

	華盛頓（1789）	拜登（2021）
1	Among the vicissitudes incident to life, no event could have filled me with greater anxieties than that of which the notification was transmitted by your order, and received on the fourteenth day of the present month.（36字） 人生浮沉數十載，沒有一件事能比你們於本月十四日送達的通知，更令我焦慮惶恐。	This is America's day.（4字） 這是美國值得慶賀的日子。
2	On the one hand, I was summoned by my Country, whose voice I can never hear but with veneration and love, from a retreat which I had chosen with the fondest predilection, and, in my flattering hopes, with an immutable decision, as the asylum of my declining years: a retreat which was rendered every day more necessary as well as more dear to me, by the addition of habit to inclination, and of frequent interruptions in my health to the gradual waste committed on it by time.（87字） 一方面，祖國召喚我，對於她的號令，我只能滿懷敬愛地聽從，然而，退隱是我以至深嚮往、堅定決心選擇的暮年歸宿，出於習慣與愛好，又見健康隨時光流逝日益衰退，愈覺退隱之必要與可貴。	This is democracy's day.（4字） 這是民主的日子。
3	On the other hand, the magnitude and difficulty of the trust to which the voice of my Country called me, being sufficient to awaken in the wisest and most experienced of her citizens, a distrustful scrutiny into his qualifications, could not but overwhelm with despondence, one, who, inheriting inferior endowments from nature and unpractised in the duties of civil administration, ought to be peculiarly conscious of his own deficiencies.（69字） 另一方面，祖國號令託付我之艱鉅，足以使國內才智、閱歷最豐之士度德量力，何況我資質魯鈍，又未歷練民政之職，更感德薄能鮮，難當重任。	A day of history and hope.（6字） 具有歷史意義和滿懷希望的日子。

	華盛頓（1789）	拜登（2021）
4	In this conflict of emotions, all I dare aver, is, that it has been my faithful study to collect my duty from a just appreciation of every circumstance, by which it might be affected.（34字） 懷此矛盾心情，我唯敢斷言的是，經由正確評估各種可能產生影響之情況來克盡吾職，是我向來努力不懈的目標。	Of renewal and resolve.（4字） 重整旗鼓和竭精勵志的日子。
5	All I dare hope, is, that, if in executing this task, I have been too much swayed by a grateful remembrance of former instances, or by an affectionate sensibility to this transcendent proof, of the confidence of my fellow-citizens; and have thence too little consulted my incapacity as well as disinclination for the weighty and untried cares before me; my error will be palliated by the motives which misled me, and its consequences be judged by my Country, with some share of the partiality in which they originated.（89字） 我唯一敢祈望，若我在履行職務時因陶醉於過往，或由衷感激同胞對我超乎常理的信賴，而受到過多影響，以致在擔當未曾歷練過的重任時，未充分考慮自己的無能和消極，我的過錯會因這些誤導我的動機而減輕，而祖國在評判那些過錯的後果時，也能給予適當的偏袒。	Through a crucible for the ages America has been tested anew and America has risen to the challenge.（18字） 經過長期的考驗，美國已煥然一新。＊

＊譯注：採用美國在台協會譯文

付諸行動：易讀的寫作長什麼樣子

應用易讀寫作的規則不代表你要降低書寫水準。海明威的《老人與海》是用四年級閱讀能力書寫。除了成為他最雋永的著作之一，《老人與海》也讓他贏得諾貝爾文學獎——部分原因是他「簡單」的寫作風格和當時的文學規範形成鮮明對比。

易讀的寫作風格未必容易書寫。你可能必須放掉一些在高中和大學學到的過分刻板和迂迴的技巧。你可能必須抗衡那些堅信複雜寫作一定看起來比較聰明或專業的同事、共同作者或上司。用簡短、常用的字寫短且平鋪直敘的句子，反而需要多花時間與心力。不過，這筆投資是值得的，因為如果人們不讀，我們寫了什麼都無關痛癢。只要勤加練習，要寫出易讀的文字，就會變得比較容易。

從現在就開始訓練吧。我們要來舉例說明如何修改文字來提高可讀性。我們會從一個複雜的句子著手，依序應用每一種規則。這個例子摘自一篇探討公民投票的文章。公民投票指民眾直接針對公共事務進行投票，而文章主要討論這種制度會帶來哪些挑戰。[39]（諷刺的是，這篇文章是刻意凸顯語言晦澀難解的問題！）

⊙**起始句**

Often crafted from insidiously complicated language, designed to abstract contentious details, ballot measures are propagated as a tool of direct democracy in 24 states and Washington, D.C.

（通常以貌似複雜費解的語言刻劃，目的在將會引發爭議的細節抽象化，公投議案在美國二十四州和華盛頓特區做為一種直接民主的工具傳播。）

應用規則1：用短且常見的詞語

我們會把長又不常用的詞語，換成比較短與常用的替代詞。

⊙修潤示範：

*Often ~~crafted from insidiously complicated~~ **written with deceptively complex** language, designed to ~~abstract contentious~~ **hide controversial** details, ballot measures are ~~propagated~~ **used** as a tool of direct democracy in 24 states and Washington, D.C.*

通常以~~貌似複雜費解~~ **看似複雜**的語言~~刻劃~~ **撰寫**，目的在~~將會引發爭議~~**遮掩有爭議**的細節~~抽象化~~，公投議案在美國二十四州和華盛頓特區**用來**做為一種直接民主的工具~~傳播~~。

⊙編輯後：

Often written with deceptively complex language, designed to hide controversial details, ballot measures are used as a tool of direct democracy in 24 states and Washington, D.C.

通常以看似複雜的語言撰寫，目的在遮掩有爭議的細節，公投議案在美國二十四州和華盛頓特區用來做為一種直接民主的工具。

應用規則2：寫平鋪直敘的句子

現在我們要將句子裡面重要的元素擺在一起，把句子編輯成可以讀一遍就懂。

⊙修潤示範：

Often written with deceptively complex language, designed to hide controversial details, *ballot measures are used as a tool of direct democracy in 24 states and Washington, D.C.*

通常以看似複雜的語言撰寫，目的在遮掩有爭議的細節，公投議案在美國二十四州和華盛頓特區用來做為一種直接民主的工具。

⊙編輯後：

Ballot measures are used as a tool of direct democracy in 24 states and Washington, D.C., and are often written with deceptively complex language, designed to hide controversial details.

公投議案在美國二十四州和華盛頓特區用來做為一種直接民主的工具，而且。它們通常以看似複雜的語言撰寫，目的在遮掩有爭議的細節。

應用規則3：句子寫短一點

經由把不同的概念分開，可以讓讀者比較容易專注於寫作者的要旨。

⊙修潤示範：

*Ballot measures are used as a tool of direct democracy in 24 states and Washington, D.C.~~,~~ ~~and~~ **They** are often written with deceptively complex language, designed to hide controversial details.*

公投議案在美國二十四州和華盛頓特區用來做為一種直接民主的工具~~，而且~~。**它們**通常以看似複雜的語言撰寫，目的在遮掩有爭議的細節。

⊙編輯後：

Ballot measures are used as a tool of direct democracy in 24 states and Washington, D.C. They are often written with deceptively complex language, designed to hide controversial details.

公投議案在美國二十四州和華盛頓特區用來做為一種直接民主的工具。它們通常以看似複雜的語言撰寫，目的在遮掩有爭議的細節。

經過三個步驟的修正：

⊙**我們從這句：**

Often crafted from insidiously complicated written with deceptively complex language, designed to abstract contentious hide controversial details, ballot measures are propagated used as a tool of direct democracy in 24 states and Washington, D.C.

通常以貌似複雜費解的語言刻劃，目的在將會引發爭議的細節抽象化，公投議案在美國二十四州和華盛頓特區用來做為一種直接民主的工具傳播。

⊙**變成這句：**

Ballot measures are used as a tool of direct democracy in 24 states and Washington, D.C. They are often written with deceptively complex language, designed to hide controversial details.

公投議案在美國二十四州和華盛頓特區用來做為一種直接民主的工具。它們通常以看似複雜的語言撰寫，目的在遮掩有爭議的細節。

原本的句子寫成適合研究生程度。最後的兩個句子則符合十年級程度。這對**所有**讀者而言都比較親切，從讀英文有些吃力的人，到就是太忙或分心、一時想不起來「insidiously」是什麼意思的讀者都是如此。除了比較可能理解，最後的句子需要讀者花的時間和心力也比較少，這也會使他們更可能把句子讀完。

6

原則（三）：輕鬆導航設計

為忙碌讀者寫作的關鍵面向不限於書寫本身。那還跟**設計**有關——明確地說，就是把書寫內容設計得容易瀏覽。當讀者看到你的訊息時，他們應該要立刻能夠理解它的目的、大意和結構。你安排詞語的方式要幫助讀者迅速找到他們想留意的內容，以及更想跳過或略讀的地方。

要轉換成導航心態，就要停止把你的訊息當成一組詞語來思考，改換成一種地圖形式來看待。地圖一般是從較遠的視角開始，讓你能夠確定方位。打開Google Maps時，畫面會預設為你目前所在地的廣域、鳥瞰視野。同樣的，紙本地圖也是涵蓋整個城市、州，甚至國家。想想一幅普通的美國地圖——紙本或網路的都可以。國界、州界和標記清楚指示你正在看哪個區域。更細的標誌讓你能輕鬆找到主要的湖泊、城市和其他感興趣的地方。然後你就可以拉近鏡頭，看自己想看的細部了。

讀者處理文字作品的方式，與人們使用地圖的方法有諸多雷同之處。讀者通常是從全景畫面開始，再決定放大到他們覺得看起來最有趣或重要的部分。想想你自己的閱讀過程。你可能不會讀整份報紙或瀏覽首頁全部，而會直接跳到地方新聞或體育版，就像你可能會把地圖放大到猶他州，再放大到鹽湖城——如果你正規畫去那裡公路旅行的話。忙碌的讀者一般不會一行、一行讀，簡單、地圖導航般的書寫方式能確保你的讀者先注意到並掌握最重要的資訊，再繼續前進。

寫作者平常不會太注意設計，一部分是因為我們大多不是這樣學的。你的英文老師在教寫作時可能教了很多關於文法、轉折和引用實證的內容，鮮少提到視覺呈現。但字母、詞語、句子和段落都有強烈的視覺效果；它們是書頁或螢幕上名副其實的圖像元素。因此，以賞心悅目的方式安排這些元素，能讓閱讀過程更輕鬆。

多項研究證實，提升寫作的視覺面向，可顯著提高訊息的成效。有時，別這麼執著於文字本身、多注意一下文字呈現的方式，進而讓文章寫得更好。

設計精良的規則

規則1：讓關鍵資訊一眼可見

看到一張地圖時，多數人會問的第一個問題是：「這是哪裡的地圖？」同樣的，收到文章時，我們會問的第一個問題是：「這是寫什麼主題？」寫作者讓忙碌讀者愈容易判斷和回答這個問題，讀者就愈可能投入心力閱讀這則訊息。

第一步是讓關鍵資訊立刻清晰可見。這點或許昭然若揭，寫作者卻未能時時這麼做。依新聞寫作的用語，讓讀者很難找到主旨的寫作方式叫「埋沒重點」（burying the lede，「lede」一詞算是新聞編輯室裡的黑話，為了凸顯出來，刻意拼得怪裡怪氣）。有時寫作者會故意埋沒重點來引發好奇。《紐約客》就是出了名的會花很多時間營造氣氛和背景，才揭露主旨或衝突。但應用文通訊不是愜意的文學之旅，不該寫得跟文學一樣。

要讓讀者立刻明白最重要的資訊，需要回歸基本原則，以及清楚你身為寫作者的目標——這一次還要強調視覺呈現。再問自己一遍：「我希望讀者從這裡帶走什麼？」如果你的首要目標是要讀者參加市政會議，會議細節和邀請就該是最明顯的要素。但如果你的訊息有好幾個目標互相競爭，要判斷自己想凸顯哪個關鍵資訊，可能就是一個考驗。在這種情況，你必須為自己的目標排定等級。

想像一下，一位執行長與董事會分享一份備忘錄，告知公司自前一次公司會議以來在幾個重要計畫上的最新進展。在更新資訊的同時，執行長也請董事推薦未來行銷企畫的顧問。備忘錄的首要目的是更新資訊。推薦行銷顧問為次要。因此這份備忘錄必須以某種方式傳達這種優先順序。

要用**什麼方法**才能讓最重要的資訊一眼可見，沒有普世一致的公式。就附有標題或主旨的溝通訊息而言，這些是相當好的起點。主旨寫「今日會議後的一項行動」就比寫「今日會議」更能傳達電子郵件的關鍵資訊。但可讀的標題和主旨非常短，一般只能預告，沒辦法完全傳達關鍵資訊。

不分溝通類型，一個不錯的經驗法則是：把最重要的資訊放在忙碌讀者預期最可能找到的地方。美國陸軍已將此建議編為準則，要寫作者把「最重要的事情放在最前面」（bottom line up front，以下簡稱ＢＬＵＦ）。[1] ＢＬＵＦ是陸軍官方政策，命令寫作者將關鍵資訊置於文字訊息的開頭。這麼一來，陸軍的讀者就會自動知道哪裡可以找到訊息溝通的目的了。

摘要、執行提要和「TL;DR」的小標題也是適合為忙碌讀者放置「關鍵資訊」的地方。不過，我們也應指出，應用這種經驗法則的最佳方式可能因讀者和文化而異。我們聽說（未證實）某些前蘇聯共和國的通例是：最重要的資訊要擺在官方備忘錄的最後一段。因此讀者常由下而上瀏覽備忘錄。反觀許多歐盟國家的傳統則是把最重要的資訊放在第一段（BLUF的歐洲版），所以打算略讀的人會由上而下進行。

這裡有個重要的見解：兩種文化的常規固然不同，但兩個背景的讀者都知道上哪裡找關鍵資訊，寫作者也知道要把關鍵資訊放在哪裡。這些是因文化而異的經驗法則。最終仍要仰賴寫作者組織資訊，讓他們的特定讀者可以快速定位，找到關鍵資訊所在。這通常需要知道讀者預期會在哪裡見到關鍵資訊。

可惜，並非所有情況都有明確的規範。如果讀者預期訊息溫暖親切，那麼開門見山提出最重要資訊的訊息，可能被認為冷漠或具侵略性。想想以下的兩個例子。BLUF**版**的讀者說不定會覺得訊息這麼直接很倒胃口，認為寫作者蠻橫粗魯。反過來說，如果**謙恭有禮版**的讀者沒看到最後一行就離開，他們也就錯失關鍵資訊了。折衷方案可能包括在開頭用一個句子傳達禮貌，再提出問題：「我仔細想過我們上次的談話。我們可以約個時間討論您租用敝公司服務的事宜嗎？」

哪種策略效果最好呢？一如我們提出的所有其他原則，這視你身為寫作者的目標，以及你的讀者是誰而定。

謙恭有禮版

親愛的準客戶：

我仔細想過我們上次的談話。很多組織都面臨我們討論的挑戰，貴公司並不孤單。我認為敝公司提供的服務會對您有幫助。

我們可以約個時間討論您租用敝公司服務的事宜嗎？

銷售專員　敬上

BLUF版

親愛的準客戶：

我們可以約個時間討論您租用敝公司服務的事宜嗎？

我仔細想過我們上次的談話。很多組織都面臨我們討論的挑戰，貴公司並不孤單。我認為敝公司提供的服務會對您有幫助。

銷售專員　敬上

規則2：把不同的概念分開

還有一個方法能幫助讀者在你的書寫鋪陳上迅速找到方向：把不同的概念分開。在不同概念之間置入一些空間，能便於讀者瀏覽和查找關鍵資訊。簡單的第一步是讓每一個不同的概念自成一段，因為新的段落在視覺上象徵著一組新的概念。

要告知讀者訊息包含了好幾個不同的概念，視覺上最清晰的一種方法是列舉，並使用項目符號。丹麥進行過一項研究，闡明了使用小圓點或數字分開不同話題的效益。②研究人員召募了八百八十八位具代表性的成年人讀一篇用「官樣文字」撰寫的失業救濟金申請規定。然後團隊測試改變資訊的呈現方式（不調整語言複雜度）會不會影響各種結果，包括閱讀速度和理解程度。

半數受試者讀的是高密度的**文字牆版**，所有規定列在同一個連續不斷的段落中。另一半受試者讀到的內容一模一樣，但每一項不同的規定都用小圓點和其他規定分開。兩個版本如下：

文字牆版

Man kan søge om kontanthjælp, hvis man enten er over 30 år eller har en erhvervskompetencegivende uddannelse. Derudover gælder ifølge Lov om Aktiv Socialpolitik: Man skal jf. § 11 stk. 2 have været ude for en social be-givenhed, fx sygdom, arbejdsløshed eller ophør af samliv. Ifølge § 11 stk. 2 skal den sociale begivenhed have medført, at man ikke kan skaffe det nød-vendige til sig selv eller sin familie, og at man ikke kan forsørges af andre. Desuden skal behovet for forsørgelse skal ikke kunne dækkes af andre ydelser, fx dagpenge eller pension mv., jf. § 11 stk. 2. For at have ret til kon-tanthjælp skal man jf. § 11 stk. 3 lovligt have opholdt sig i riget i sammenlagt mindst 9 af de 10 seneste år, jf. dog stk. 4–10, og man skal ifølge § 11 stk. 8 have haft fuldtidsbeskæftigelse i riget i en periode svarende til 2 år og 6 måneder inden for de ti seneste år. Man skal være registreret som arbejdssø-gende i jobcentret, jf. § 13b og hverken en selv eller ens eventuelle ægtefælle må have en formue, som kan dække deres økonomiske behov. Formue er fx penge og værdier, som let kan omsættes til penge. Kommunen ser dog bort fra beløb på op til 10.000 kr., for ægtefæller tilsammen op til 20.000 kr., jf. § 14 stk. 1, se dog undtagelser fra denne regel, jf. § 14 stk. 2–8 og stk. 15.

視覺分開版

Man kan søge om kontanthjælp, hvis man enten er over 30 år eller har en erh-vervskompetencegivende uddannelse. Derudover gælder ifølge Lov om Aktiv Socialpolitik:

- Man skal jf. § 11 stk. 2 have været ude for en social begivenhed, fx sygdom, arbejdsløshed eller ophør af samliv.
- Ifølge § 11 stk. 2 skal den sociale begivenhed have medført, at man ikke kan skaffe det nødvendige til sig selv eller sin familie, og at man ikke kan forsørges af andre.
- Behovet for forsørgelse skal ikke kunne dækkes af andre ydelser, fx dag-penge eller pension mv., jf. § 11 stk. 2.
- Man skal jf. § 11 stk. 3 lovligt have opholdt sig i riget i sammenlagt mindst 9 af de 10 seneste år, jf. dog stk. 4–10.
- Ifølge § 11 stk. 8 skal man have haft fuldtidsbeskæftigelse i riget i en peri-ode svarende til 2 år og 6 måneder inden for de ti seneste år.
- Man skal være registreret som arbejdssøgende i jobcentret, jf. § 13b.• Hverken en selv eller ens eventuelle ægtefælle må have en formue, som kan dække deres økonomiske behov. Formue er fx penge og værdier, som let kan omsættes til penge. Kommunen ser dog bort fra beløb på op til 10.000 kr., for ægtefæller tilsammen op til 20.000 kr., jf. § 14 stk. 1, se dog undta-gelser fra denne regel, jf. § 14 stk. 2–8 og stk. 15.

我們看不懂丹麥文，而這讓這兩個版本的差異更加鮮明。**文字牆版**不管用哪一種語言，看來都令人畏懼。兩組參與者理解內容的程度差不多，但拿到**視覺分開版**的參與者，比拿到**文字牆版**的快十秒讀完——縮短近一五％。

在視覺上把話題分開能讓文章更容易閱讀，這可能是因為讀者不必花時間判定這一句與下一句是否相關。依我們的經驗來看，用編號條列、空格或其他樣式技巧在視覺上分開不同話題，都會帶來顯著的改善。

規則3：把相關概念擺在一起

除了在視覺上分開**不同的**概念，把相關的概念擺在一起（盡可能靠近）也能讓讀者更容易迅速掌握關鍵資訊。前文所述丹麥研究的**視覺分開版**也遵循這個規則。每一個列舉項目都和申請失業救濟金的一項規定有關。把它們解析成分開的項目，有助於讀者理解它們是個別的規定。讓它們依次排列，則有助於讀者了解它們全都和同一件事有關係。

想像一下，要是作者在每一個列舉項目之間插入其他與失業救濟金規定無關的內容，例如：申請住屋津貼的資訊，文章會變得多麼紊亂。聚焦在失業救濟金的讀者得搜遍所有列舉項目找出相關規定。忙碌的讀者可能在找到需要的資訊之前就放棄了。

相關的概念通常有相關的意義，因此擺在一起也可能合併內容、削減字數。這種「少即是多」的效益，通常只要重新排列文本順序就能達成。請看下列項目，這些都敘述了贏得新合約提案的後續步驟：

- **潔西：**依據過去簡報撰寫客戶簡報幻燈片。
- **瑪麗安：**調查本合約的競爭對手，以及他們提案的任何跡象。
- **潔西：**按照共同研擬的綱要撰寫建議工作範圍。
- **瑪麗安：**研究客戶過去購買相關產品的其他公開資訊。

注意到了嗎？潔西有兩件事要做，瑪麗安也有兩件事要做。把潔西的兩件事擺在一起、瑪麗安的兩件事擺在一起，有助於我們更快找出每個人需要做什麼。

- **潔西：**依據過去簡報撰寫客戶簡報幻燈片。

- **潔西：**按照共同研擬的綱要撰寫建議工作範圍。
- **瑪麗安：**調查本合約的競爭對手，以及他們提案的任何跡象。
- **瑪麗安：**研究客戶過去購買相關產品的其他公開資訊。

從這個版本可以看出潔西的工作和寫作有關，瑪麗安則要負責研究調查。這代表現在可以簡化和整合潔西與瑪麗安的任務。這麼做除了可以在視覺上分開兩人的待辦事項，還可以縮短字數，一舉達成這本書提出的好幾項原則！

- **@潔西，撰寫：**
  - 客戶簡報幻燈片（依據過去簡報）。
  - 建議工作範圍（按照共同研擬的綱要）。
- **@瑪麗安，調查：**
  - 本合約的競爭對手，以及他們提案的任何跡象。
  - 客戶過去購買相關產品的其他公開資訊。

請求是一種特別的資訊類型，需要獨樹一格的表現方式。一則訊息可能包含好幾個請求。這些請求該聚在一起，還是該分散開來、嵌在相關話題旁邊呢？答案恐怕不能令你滿意：視情況而定。指導原則是你會想讓讀者盡可能容易發現和了解你的請求。要做到這點，通常需要結合這一章提到的多項原則。

如果一則訊息必須包含多項請求，且全都關係密切，那把它們集合在一起、彼此相鄰（規則3），但將個別請求分開列舉（規則2）可能會有用處。

如果這些請求是和分屬不同段落的不同話題有關，那把請求嵌入相關段落可能較為明智。不過在這種情況，於訊息開頭一起埋下伏筆仍可能有用，像是：「底下將討論我的度假偏好，並就這些問題請教你的意見：（一）我們該去哪裡？（二）該什麼時候去？（三）該拜訪誰？」想必這三個問題會在電子郵件的相關段落重複出現。冗贅通常不理想，但如果這能幫助忙碌讀者了解多項請求並提高他們回應的可能性，就不失為一種有效的策略。

要吸引讀者注意訊息裡的特定請求，樣式也可能是一種有效的工具，尤其是請求分散各處的時候。關於樣式，後面會有更詳盡的探討。

規則4：照優先順序排列概念

在決定訊息要納入哪些概念後，你必須選擇呈現它們的順序。這個順序背後通常要有邏輯。合理的方式包括依時間順序，也就是行動該完成的時間先後排列，或是按照功能，也就是完成的難易度來排列。若沒有明確的邏輯指引，一如其他事項，就該依照讀者閱讀的方式決定順序。

清單上的第一個項目通常能獲得讀者最大的關注。研究這種閱讀行為的一個領域是選舉選票——它通常會列出一長串候選人名單。一項這樣的研究是以德州的初選和決選為對象，結果顯示，在有些選戰，將某位候選人從選票上的最後一位移至第一位，可使他們的得票率增加近一〇%。[3]會出現這種結果，一種可能的解釋是選民會從選票頂端開始往下瀏覽候選人。一旦找到可接受的候選人，就會把票投出，繼續去做別的事。每個人都很忙，投票者也不例外。

市值數十億美元的網路搜尋廣告業正是建立於類似的前提上。搜尋結果最有價值的位置是在頂端，因為搜尋者通常會點選他們所見到第一個「夠好」的選項。同樣的，當亞馬遜公司想促進某個品項的銷售，就會把該品項移到你搜尋結果的最前面。

該公司的程式設計師明白，第一個位置就是最可能被看見、閱讀和採取行動的位置。

在有些情況下，依序排列清單上的**最後一個**位置也可能具有影響力——而且不只是在前蘇聯地區。針對陪審團審判所做的研究發現，最後提交給陪審員的證據，可能是最具影響力、會被牢牢記住的證據。④話雖如此，陪審團有道德義務在審判現場從頭待到尾、聽取所有證據。可是換成文字訊息溝通時，忙碌的讀者就沒有這種義務了（不論你自以為自己的電子郵件和備忘錄多有說服力）。他們隨時可以離開，想棄讀就棄讀，這會降低他們邂逅表單或長訊息最後一個項目的機率，進而降低該項目的影響力。

沒有哪一種規則可判定一則訊息納入多種項目或請求的最佳順序。但如果沒有適用的排序邏輯，以下行為模式可協助引導你：列居首位的事項可能獲得最多關注，末位被讀到的機率也可能高於倒數第二位。這正是一批商業研究員在研究網頁所列連結順序的效應時發現的結果。他們隨機排列了六個連結的順序，發現第一個被點選最多次，之後次數穩定減少，直到最後一個——它比倒數第二個稍多一點。⑤

規則5：加上小標題

你很清楚我們將在這一節討論什麼，對不對？不知道很難，因為我們右邊才告訴你——而且是用較大的字級。小標題能幫助忙碌的讀者掃視一則訊息，決定自己想仔細查看哪些部分，就類似美國地圖上州名和州界的作用。有些常見的應用文寫作類別，例如：簡訊，沒有加入小標題的空間。但其他許多類別都有：電子郵件、備忘錄、白黏便箋、待辦清單等。甚至推特、Slack 訊息和臉書貼文也可以從一些大寫詞語開始建立後面的概念。

小標題能極為有效地幫助忙碌讀者決定該離開還是停留、該把注意力放在哪裡，以及要多仔細地閱讀特定段落。還記得我們曾在第 2 章提到，人們在搜尋相關資訊時，視線是如何移動的嗎？（請見【圖表 6-1】）

有沒有注意到讀者的視線是怎麼跳到每一個小標的？

在我們與「記者資源」一起進行的一項研究中（與第 4 章提過的不同），該組織的作者拼湊了一封共分九段、涵蓋三個主題的電子郵件電子報。三個主題分別是氣候變遷與健康的研究、槍枝暴力研究，以及如何申請某個新聞獎的細節。針對每一個主

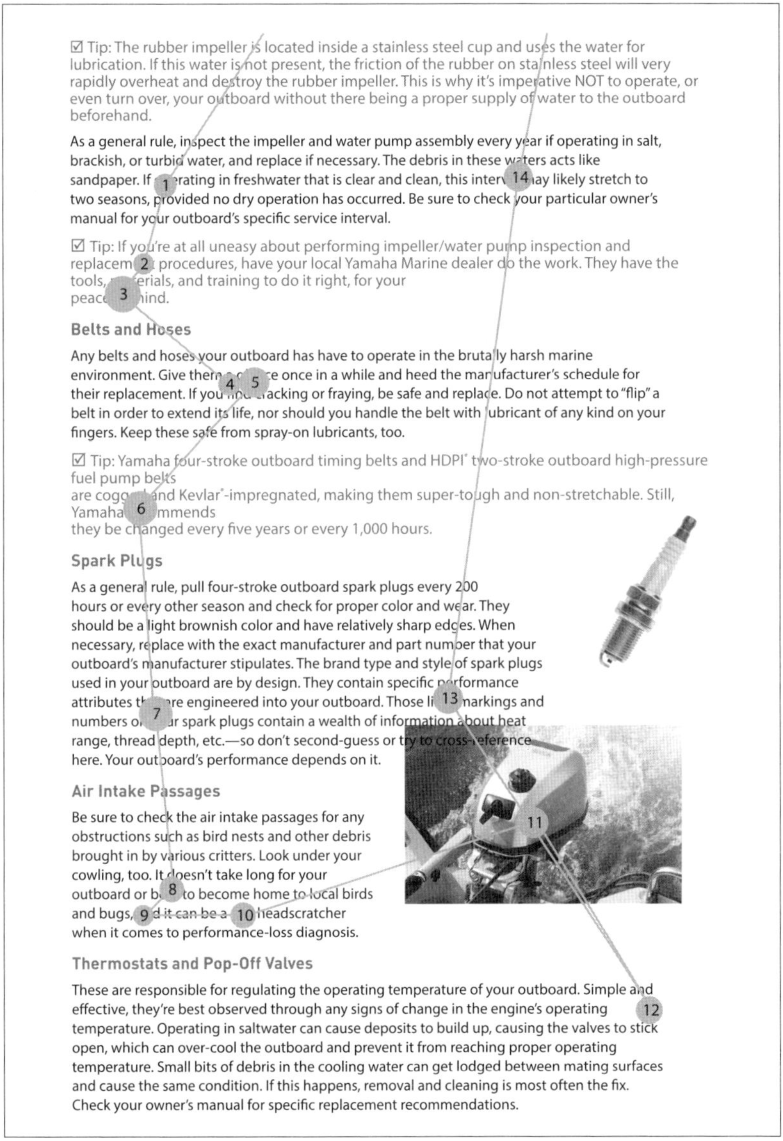

☑ Tip: The rubber impeller is located inside a stainless steel cup and uses the water for lubrication. If this water is not present, the friction of the rubber on stainless steel will very rapidly overheat and destroy the rubber impeller. This is why it's imperative NOT to operate, or even turn over, your outboard without there being a proper supply of water to the outboard beforehand.

As a general rule, inspect the impeller and water pump assembly every year if operating in salt, brackish, or turbid water, and replace if necessary. The debris in these waters acts like sandpaper. If operating in freshwater that is clear and clean, this interval may likely stretch to two seasons, provided no dry operation has occurred. Be sure to check your particular owner's manual for your outboard's specific service interval.

☑ Tip: If you're at all uneasy about performing impeller/water pump inspection and replacement procedures, have your local Yamaha Marine dealer do the work. They have the tools, materials, and training to do it right, for your
peace of mind.

Belts and Hoses

Any belts and hoses your outboard has have to operate in the brutally harsh marine environment. Give them a glance once in a while and heed the manufacturer's schedule for their replacement. If you find cracking or fraying, be safe and replace. Do not attempt to "flip" a belt in order to extend its life, nor should you handle the belt with lubricant of any kind on your fingers. Keep these safe from spray-on lubricants, too.

☑ Tip: Yamaha four-stroke outboard timing belts and HDPI® two-stroke outboard high-pressure fuel pump belts
are cogged and Kevlar®-impregnated, making them super-tough and non-stretchable. Still, Yamaha recommends
they be changed every five years or every 1,000 hours.

Spark Plugs

As a general rule, pull four-stroke outboard spark plugs every 200 hours or every other season and check for proper color and wear. They should be a light brownish color and have relatively sharp edges. When necessary, replace with the exact manufacturer and part number that your outboard's manufacturer stipulates. The brand type and style of spark plugs used in your outboard are by design. They contain specific performance attributes that are engineered into your outboard. Those little markings and numbers on your spark plugs contain a wealth of information about heat range, thread depth, etc.—so don't second-guess or try to cross-reference here. Your outboard's performance depends on it.

Air Intake Passages

Be sure to check the air intake passages for any obstructions such as bird nests and other debris brought in by various critters. Look under your cowling, too. It doesn't take long for your outboard or boat to become home to local birds and bugs, and it can be a headscratcher when it comes to performance-loss diagnosis.

Thermostats and Pop-Off Valves

These are responsible for regulating the operating temperature of your outboard. Simple and effective, they're best observed through any signs of change in the engine's operating temperature. Operating in saltwater can cause deposits to build up, causing the valves to stick open, which can over-cool the outboard and prevent it from reaching proper operating temperature. Small bits of debris in the cooling water can get lodged between mating surfaces and cause the same condition. If this happens, removal and cleaning is most often the fix. Check your owner's manual for specific replacement recommendations.

【圖表6-1】

題，都有連結提供額外的資訊。四萬六千六百四十八名電子報訂戶中有半數收到沒有小標題的九段電子郵件，另一半收到同樣的內容，但第二主題（槍枝暴力）和第三主題（新聞獎）的上頭都加了描述性的小標題。[6]

收到電子郵件加了小標的訂戶，點選與第二、第三主題有關連結的可能性，比收到無小標版本的訂戶高出一倍多。或許有人擔心小標題會轉移讀者的注意力，使他們略過第一主題，只看第二和第三主題，但這種事情並未發生：不論收到的電子郵件有沒有加小標，兩組讀者點選第一段連結的情況沒什麼差別。小標似乎能幫助忙碌的讀者更快找到他們較感興趣、但原本可能跳過的主題。

還有一個事例或許也可以證明小標的用處。我們在新冠肺炎疫情期間幫助一個學區重新設計信件。信件的目的是通知家長，孩子就讀的學校裡有人感染病毒，學校已啟動一連串應變措施。其中一項是學校將關閉至少四十八小時，自信件寄出起生效。

學區主管請我們審閱他們的信件，並提出改進建議。因為我們不了解事情的來龍去脈，所以沒有編輯任何詞語。我們只把焦點擺在如何使信件更容易瀏覽。

原版

親愛的〔學區名稱〕家長及教職員：

今天本學區接獲通知，〔校名〕有一人感染新冠肺炎，且具有潛在傳染性。我們依法無法得知該確診者的個人資料，這使我們無法進一步釐清此人身分及其在校原因。我們正與〔縣名〕衛生局合作，確認是否有任何學生和教職員可能曾與此人接觸。

我們將採取下列措施：

- 〔校名〕將至少關閉四十八小時。
- 〔校名〕是唯一於〔日期〕及〔日期〕關閉的校舍。
- 〔校名〕將於本週〔日期〕及〔日期〕實施視訊授課。
- 該校校舍將遵照DOH及CDC指引進行消毒。
- 該校將啟動接觸者追蹤，並將情況通報給衛生局。

〔縣名〕衛生局已建立縣級接觸者追蹤系統，有新冠肺炎確診案例即啟動。其目的是找出曾與確診個案密切接觸者。密切接觸指的是曾與新冠肺炎確診者在一百八十公分距離內，共處十分鐘以上。

如果您的孩子被確認為確診個案的密切接觸者，您會接到追蹤專員的電話。致電專員可能會告知具有〔州名〕接觸者追蹤的身分，或顯示有〔###〕區碼的電話號碼。若接獲這樣的電話，請立刻接聽，並提供接觸者追蹤專員需要的資訊來保護大家。曾有密切接觸的個人必須自接觸日起隔離十四天，並密切觀察有無症狀。

另外，如果有學區家庭的孩子被確認曾與確診個案有過接觸，學區也會發送電子郵件通知家長。如果您在未來四十八小時內未接獲電子郵件，就可以相信您的孩子沒有任何接觸風險。

另外提醒，如果您相信您和／或您的孩子曾於任何時候與新冠肺炎病例有過密切接觸，請您和／或您的孩子自行隔離並篩檢。

如果懷疑您的孩子生病了，請讓孩子待在家中。新冠肺炎的症狀可上CDC網站查訊：https://www.cdc.gov/coronavirus/2019-ncov/symptoms-testing/symptoms.html。也請向您的醫師洽詢醫療建議。

請至「找（州名）最近篩檢站」網頁（連結），查詢篩檢站列表。如果您前往（州名）管理的篩檢站，檢測費用全免。欲知更多與新冠肺炎有關的資訊，請致電（888）123-4567，或上（州名）衛生署網站。

請了解，我們將對本學區任何新冠肺炎病例保持透明，也會隨時通知您最新資訊。如果您有其他問題或疑慮，請電洽孩子就讀學校的行政人員，或555-555-5555轉分機1234。

學區總監（姓名） 敬上

加上小標題

親愛的〔學區名稱〕家長及教職員：

〔校名〕將關閉至少四十八小時。

今天本學區接獲通知，〔校名〕有一人感染新冠肺炎，且具有潛在傳染性。我們依法無法得知該確診者的個人資料，這使我們無法進一步釐清此人身分及其在校原因。我們正與〔縣名〕衛生局合作，確認是否有任何學生和教職員可能曾與此人接觸。

〔校名〕如何因應？

我們將採取下列措施：

- 〔校名〕將至少關閉四十八小時。
- 〔校名〕是唯一於〔日期〕及〔日期〕關閉的校舍。

- 〔校名〕將於本週〔日期〕及〔日期〕實施視訊授課。
- 該校校舍將遵照DOH及CDC指引進行消毒。
- 該校將啟動接觸者追蹤，並將情況通報給衛生局。

您要如何得知您的孩子是否為密切接觸者？

〔縣名〕衛生局已建立縣級接觸者追蹤系統，有新冠肺炎確診案例即啟動。其目的是找出曾與確診個案密切接觸者。密切接觸指的是曾與新冠肺炎確診者在一百八十公分距離內，共處十分鐘以上。

如果您的孩子被確認為確診個案的密切接觸者，您會接到追蹤專員的電話。致電專員可能會告知具有〔州名〕接觸者追蹤的身分，或顯示有〔###〕區碼的電話號碼。若接獲這樣的電話，請立刻接聽，並提供接觸者追蹤專員需要的資訊來保護大家。曾有密切接觸的個人必須自接觸日起隔離十四天，並密切觀察有無症狀。

另外，如果有學區家庭的孩子被確認曾與確診個案有過接觸，學區也會發送電子郵件通知家長。如果您在未來四十八小時內未接獲電子郵件，就可以相信您的孩子沒有任何接觸風險。

另外提醒，如果您相信您和／或您的孩子曾於任何時候與新冠肺炎病例有過密切接觸，請您和／或您的孩子自行隔離並篩檢。

如果您或您的孩子生病了，該怎麼辦？

如果懷疑您的孩子生病了，請讓孩子待在家中。新冠肺炎的症狀可上CDC網站查訊：https://www.cdc.gov/coronavirus/2019-ncov/symptoms-testing/symptoms.html。也請向您的醫師洽詢醫療建議。

請至「找〔州名〕最近篩檢站」網頁〔連結〕，查詢篩檢站列表。如果您前往〔州名〕管理的篩檢站，檢測費用全免。欲知更多與新冠肺炎有關的資訊，請致電（888）123-4567，或上〔州名〕衛生署網站。

請了解，我們將對本學區任何新冠肺炎病例保持透明，也會隨時通知您最新資訊。如果您有其他問題或疑慮，請電洽孩子就讀學校的行政人員，或555-555-5555轉分機1234。

學區總監〔姓名〕　敬上

我們要將心比心，站在目標讀者的立場想。想像你是一位忙碌的家長，學齡兒童在家要你教他功課，還想知道晚餐什麼時候好。這時你的收件匣裡接獲**原版**的電子郵件，而你在把雞柳條放進烤箱之後、拌義大利麵之前匆匆瞄它幾眼。你會讀得那麼仔細，得知明、後兩天學校將關閉嗎？很可能不會。你或許更不可能掌握許多關於隔離措施的細節。原版的信看起來好難讀，你很可能乾脆擱著。

現在想想重新設計過、加了小標題的版本。為便於瀏覽，我們套用了自己的規則。我們一開始就宣布：﹁校名﹂將關閉至少四十八小時，讓關鍵資訊一眼清晰可見（規則1）。接著我們為每一個明確的主題和段落加上小標題，讓家長得以在他們有時間時直接進入最感興趣的主題。雖然我們沒辦法測試這個版本的影響力，但我們相信修正過的版面編排較為有效，因為它更易於瀏覽。

小標題甚至也適合做為列舉項目的開端。如前文討論過的，項目符號可能有助於組織內容和便於瀏覽。但光是把一個概念和項目符號綁在一起，不會自動讓它變得清楚且容易理解。我們都見過一種訊息：每個項目符號都帶出完整的段落，或包含太多加了符號的項目，使我們難以分清它們到底有什麼共通點。碰到這種情況，在每一個加了符號的概念開頭下個簡短的標題，能為讀者提供有助益的指引，尤其是每個項目互不相干的時候。比如想想下面這封寫給同事、說明兩件事情的電子郵件：

- **修訂合約**：公司律師已經同意我們所提出對於合約的所有修訂建議，但要求增列兩項附加條款。可以麻煩你審核這兩項附加條款，看看能否接受嗎？
- **會議計畫**：我們離會議只剩三個月，該開始決定與會者的邀請名單和活動節目了。我們可以通電話討論後續步驟嗎？

緊連在小圓點後面的簡短小標，可幫助讀者迅速了解清單裡包含哪些事。

一般來說，小標只要能說清楚後面內容與什麼有關即可，不要長到施加額外的閱讀負擔。如果讀者光看標題就了解整個段落要說什麼，那標題可能就太長了。在前述學校信件中，「〔校名〕如何因應？」比「接下來的步驟」來得有幫助且生動。但若標題寫成「〔校名〕正監控所有密切接觸者，並關閉校舍進行消毒」就太長，且詳細到沒必要了。如果訊息的完整含意全被塞進電子郵件的主旨裡，忙碌的讀者可能反而不會留下印象。

規則6：考慮使用圖示

就定義而言，高效「寫作」是仰賴詞語、句子和段落來傳達構想。但高效的**溝通**不必受此局限。《時代》雜誌總編輯南西．吉布斯常在她修訂文章的空白處寫這句話給麾下的編輯：「這裡用文字傳達最好嗎？」雖然是技藝精湛的寫作者，她卻明白，要迅速、有效地傳達資訊給忙碌的讀者，文字未必是最適合的方式。

還記得我們的學生提出的那個引人注目的街頭標語嗎？（請見【圖表6-2】）

雖然很喜歡我們的學生改善了原版標語的冗贅，但我們明白，用一個圖像，不必使用任何文字，就可以更快速、更普遍地傳達同樣的訊息（請見【圖表6-3】）。

有語言隔閡時，用圖示傳達重要的訊息也有幫助。就算你不懂法文，也能馬上領略這個標語的意思（請見【圖表6-4】）。

【圖表6-2】
挖走你寵物的糞便
依法#122-87　最高可罰兩千元
謝謝

【圖表6-3】

【圖表6-4】

我們不是時時都可以或應該將訊息轉化為一個字也沒有的圖像。不過圖像仍可透過許多沒這麼極端的方式，來對讀者發揮效用。若將一些句子改成圖表或圖像，許多資訊都能更有效地傳達。

折線圖和長條圖是傳達量化資訊，例如：測量結果或成績趨勢的簡單有效工具。資訊圖表可能有助於傳達非量化的資訊，比如組裝一件家具的步驟。有效的圖示不必把所有相關資訊通通整合成單一圖表或圖像，只要能簡化溝通即可。如果你想更深入、更具啟發性地探討如何用圖示分享概念，我們推薦你從愛德華·塔夫特（Edward Tufte）的經典《量化資訊的視覺呈現》（*The Visual Display of Quantitative Information*）著手。

就算只是把文字和數字排列於架構內的簡單圖表，也可能比單單使用文字更能清楚傳達複雜的概念。《聯邦淺白語言準則》（一套設計來確保大眾能夠理解美國政府文件的規則）就建議盡可能使用這類圖示。以下是直接引用該準則的例子：⑦

原版

若您並非以電子方式提交申請表，我們必須在您報到後的次月15日（含）之前收到您填妥的申請表；如果您是以電子方式提交申請表，我們必須在您報到後的次月25日（含）之前收到申請表。

視覺呈現版

您提交申請表的方式	我們必須收到申請表的日期
電子	您報到後的次月25日（含）之前
非電子	您報到後的次月15日（含）之前

請注意**視覺呈現版**有多容易瀏覽，**原版**則需要較仔細閱讀。看**視覺呈現版**，如果要以電子方式提交申請表，你完全不需要把視線移到圖表的最後一行；只要直接讀第一行（「電子」）即可。若你並非以電子方式提交，就不必讀「電子」那一行。**原版**和**視覺呈現版**內容相同，但後者運用圖表的邏輯，減少了理解資訊需要耗費的心力。

付諸行動：好的導航設計長什麼樣子

要看看這些規則可以如何應用於實際的訊息溝通，並產生有意義的成果，我們要求教於一支研究團隊與紐約警察局合作進行的研究。他們重新設計了紐約市法院的傳喚通知書。⑧在紐約市，犯下輕罪的人會先收到紙本傳票，要求在指定日期和時間出庭。如果無故未出庭，法院就可以發出逮捕狀。雖然面臨這種威脅，但許多收受人仍未按時出庭聆訊。

未出庭通常會被執法單位和律師解釋為主動決定——也就是收受人刻意**決定**不要出庭。在二〇二〇年一項研究中，一組研究人員質疑這種假設。他們調查了許多人之所以未出庭，是否只是因為通知書很難看懂。

研究進行時，紐約警察局使用的標準法院傳票如【圖表6-5】所示。傳票名稱為「訴狀／資訊」。通知書的前三分之二列出被逮捕者的詳細個人資訊和被提出的指控。收受人得一路讀到表格最下面才會見到最重要的訊息：他們被要求在特定日期、特定時間、赴特定法院報到。

為進行研究，研究人員重新設計了通知書，讓表格在視覺上更容易閱讀。【圖表6-6】的版本運用了我們在這一章介紹過的所有便於瀏覽的規則。

首先，他們讓表格的目的一目了然（規則1），並把那個最重要的資訊擺在最上面（規則4）。他們把名稱從不知所指的「訴狀／資訊」改成非常明確的「刑事法庭出庭傳票」。他們也在通知最上面加入收受人必須何時去哪裡出庭的相關細節。從重新設計版本最上面開始讀的讀者，應該可以立刻明白，他們被要求在特定日期至特定法院出庭。就算他們讀到這裡就不往下讀，也已經抓到這個關鍵資訊了。

其次，研究人員在視覺上分開了不同的主題（規則2）。在**原版**，警官的資訊（e）和關於出庭的細節（f）靠在一起且格式相似。忙碌的讀者可能以為兩者相關，但事實上兩者是截然不同的主題。**便於瀏覽版**把這些項目分開，並且將出庭細節（f）移到表格頂端。

第三，修正後的版本也讓相關的主題彼此為鄰（規則3），把出庭需要知道的資訊擺在同一個區塊：法院地址（d）、出庭日期和時間（f）。

第四，研究人員加了小標題（規則5）。最重要的是，他們增加了明確的標題來凸顯出庭的細節（f），豎了「請在這個時間向法院報到」和「請至這間法院出庭」這兩支旗幟要讀者注意。

第五、**原版**的法院出庭細節（f）要警官手寫收受人出庭法院的名稱。如果警官的手寫字難以辨認，可能會導致誤解及未出庭。**便於瀏覽版**則運用視覺圖像呈現這個資訊（規則6）：將法院水平排列。警官只需要在適當的圓圈打勾即可。

接下來研究人員測試了重新設計後的表格在十七個月內的影響。共有將近三十二萬四千名居民收到兩種傳票的一種。收到重新設計版的居民未出庭的比例，比收到舊版的居民低了一三%。依此比率，研究人員推算，**便於瀏覽版**的傳票使法院少發了兩萬三千份逮捕狀。設計較好的表格讓那些被告不必因為未出庭而承受更嚴重的後果，避免進一步捲入已經過分擴張的司法系統。現在這已成為全市通用的標準傳票了。

雖然多數人不會經常撰寫法院傳票，但人人都能獲益於這些便於瀏覽的設計原則。跟你的製圖師聯絡一下吧，他可以幫助你更有效地建立與忙碌讀者的連結唷。

【圖表6-5】

原版

訴狀／資訊
紐約州民眾訴

a. 名稱

姓名（姓，名，中名）						
住址					公寓號碼	
城市			州		郵遞區號	
身分／駕照號碼	州	類別	效期截止日（月／日／年）		性別	
出生日期（月／日／年）	身高	體重	瞳色	髮色	牌照號碼	
牌照核發州	效期截止日（月／日／年）	牌照種類	車輛種類	品牌型號	出廠年份	顏色

b. 收受人

上述人員被指控如下：

時間（24小時制）	違法日期（月／日／年）	NYC Pink Copy	縣
違法地點			警區
違反第　條　款	車輛交通法 □　行政法規 □　刑法 □　公園規定 □		指控罪名

c. 指控

法院位置：

Bronx Criminal Court - 215 E 161st Street, Bronx, NY 10451

Kings Criminal Court - 346 Broadway, New York, NY 10013

Redhook Community Justice Center - 88-94 Visitation Place, Brooklyn, NY 11231

New York Criminal Court - 346 Broadway, New York, NY 10013

Midtown Community Court - 314 W 54th Street, New York, NY 10019

Queens Criminal Court - 120-55 Queens Boulevard, Kew Gardens, NY 11415

Richmond Criminal Court - 67 Targee Street, Staten Island, NY 10304

d. 法院地址

被告在我面前陳述（大意）：

本人親眼目擊犯案經過。如有不實陳述，將依據《刑法》第210條45款規定A級輕罪處罰。本人依法作證。

起訴人全名	職級／起訴人簽名	作證日期（月／日／年）
局名	稅務登記號碼	命令碼

e. 警官資料與紀錄

上述人員被傳喚至紐約市____刑事法庭出庭：	傳喚室	縣
出庭日期（月／日／年）		上午9:30

f. 法院出庭細節

【圖表6-6】

便於瀏覽版

刑事法庭出庭傳票

姓名（姓，名，中名）	出生日期（月／日／年）
手機號碼（法院可能會與你聯絡） （　　）	住家電話（法院可能會與你聯絡） （　　）

請在這個時間向法院報到：
出庭日期（月／日／年）　　**上午9:30**

請至這間法院出庭： ○其他（詳述）＿＿＿＿＿＿

○布朗克斯刑事法庭　○國王區及紐約刑事法庭　○雷德胡克社區司法中心　○中城社區法院　○皇后區刑事法庭　○里奇蒙刑事法庭

****為免法院發出逮捕狀，你必須赴法院報到。****
出庭時，你可以認罪或不認罪。
公共場合飲用酒類與公共場所隨地便溺例外，請詳見背面。

法院位置： 你必須至上述指定法院出庭應訊。

Bronx Criminal Court .... 215 E 161st Street, Bronx, NY 10451
Kings & New York Criminal Court .... 346 Broadway, New York, NY 10013
Redhook Community Justice Center .... 88-94 Visitation Place, Brooklyn, NY 11231
Midtown Community Court .... 314 W 54th Street, New York, NY 10019
Queens Criminal Court .... 120-55 Queens Boulevard, Kew Gardens, NY 11415
Richmond Criminal Court .... 26 Central Ave, Staten Island, NY 10301

你被指控如下：

指控罪名：

時間（24小時制）	違法日期（月／日／年）	縣
違法地點		警區

違反第　條　款	車輛交通法 ☐	行政法規 ☐	刑法 ☐	公園規定 ☐	其他

欲知其他資訊及問題：

欲知關於出庭應訊的其他資訊，或需要翻譯此份文件，
請瀏覽下方網站或撥打下方號碼。

www.mysummons.nyc
或
打646-76-3010

傳喚號碼：

被告在我面前陳述（大意）：

本人親眼目擊犯案經過。如有不實陳述，將依據《刑法》第210條45款規定A級輕罪處罰。本人依法作證。

起訴人全名	職級／起訴人簽名	作證日期（月／日／年）
局名	稅務登記號碼	命令碼

7 原則（四）：善用樣式，但過猶不及

樣式有點類似做菜加的香料：你會想審慎周到地添加，但不會想用太多。秉持這種精神，請試著別光是把底線、粗體、斜體、全部大寫、項目符號，以及其他幫文章動手腳的方法視為工具，而是要當成你可以為寫作添加的機能性原料。

我們今天所用的標準樣式工具是歷經數千年實驗與創新的成果。在羅馬—薩克遜寫作初期，寫作者沒用標點符號，甚至單字與單字間沒有空白。直到西元七世紀，才有一組富革新精神的愛爾蘭抄寫員開始使用空白來把文本「鬆一鬆」，讓閱讀容易些。[1]你可以看出這是多麼大的突破：

⊙**沒鬆開前**：Centurieslaterspacesbetweenwordsbecamecanonical.

⊙**鬆開後**：Centuries later spaces between words became canonical.

（數世紀後，字與字間的空白成為規範。）

早在那時，寫作者顯然就在擔心怎麼讓忙碌的讀者理解了。空白可以讓閱讀簡單、快速**得多**。（愛爾蘭抄寫員，向你們致敬。）後來，換行——也就是我們現在認定為段落的東西——也常用來標示概念的結束和開始。然後斜體、醒目提示、粗體等等接連出籠。今天，我們已經習慣見到寫作者使用形形色色的樣式來幫助讀者理解及瀏覽文本了。

樣式主要有兩個目的。首先，它傳達了言外之意、弦外之音。其次，樣式讓某些詞語顯得突出，藉以吸引讀者注意。

還記得視覺對比會如何自動吸引觀者注意嗎？【圖表7-1】讓我們重回到那個公園場景：

就像遛狗的人和這張圖裡的周遭環境形成鮮明對比，加了樣式的文字也會和附近未加樣式的文字呈現對比，因此會先被注意到。顯眼的對比，讓樣式成為打算吸引讀者注意特定資訊或想法的寫作者可以使用的強大工具。

讀者一注意到加了樣式的文字，就會應用自己的經驗法則來理解樣式的意義。例

【圖表7-1】

如：**全部大寫**通常被詮釋為大吼大叫，斜體有時被理解為反諷或挖苦，有時則只是強調。這裡有個值得注意的挑戰是，讀者套用的規則未必與作者的用法一致。因此，想要有效運用樣式的寫作者，了解讀者的規則至關重要。

高效樣式的規則

規則1：要符合讀者預期

為了解讀者通常會怎麼詮釋各種樣式，我們進行了一項網路調查。我們請教七百九十七個人，看到寫作者使用各種常見的樣式時，他們認為寫作者是什麼意思。為保持問題中立，我們沒有提供任何指引，也沒有預設選項。我們只有請受訪者分享他們的詮釋。②

醒目提示、底線、粗體

絕大部分回覆調查的受訪者說他們認為文字**加粗**、畫底線和做了醒目提示，是在暗示寫作者認為這些內容最為重要。請注意，簡訊和社群媒體的貼文一般不支援這類樣式，透過這些管道溝通的寫作者選擇較有限，必須靠文字本身強調重點。

斜體和字型色彩

來到斜體和改變字型色彩，讀者的詮釋就分歧了。有些人把斜體和字型色彩詮釋為引導他們注意最重要資訊的工具，但也有人認為它們是傳達句子裡較狹隘的重點。這是細微但重要的差異。有時候作者是想把一個單字或一個詞語從上下文凸顯出來，加深上下文的意義；這就是**強調**。（看到我們怎麼做了嗎？）請想想這兩個句子：

「對於我們即將召開的會議，我感到非常興奮」和「對於我們即將召開的會議，我感到**非常**興奮。」在後面的句子，「非常」不是最重要的詞，但它**被**凸顯來強調寫作者興奮的程度。

因為重點和強調並不一樣，也因為讀者可能會把斜體和字型色彩詮釋成這兩種意義之一，想要使用這些工具的寫作者需要非常謹慎地管理這種模稜兩可。有些行業和專業組織已建立使用不同樣式的規範，降低了混淆的可能。例如：在法律寫作上，斜體一般用來指涉已經引用過的案例。但在沒有這種規範存在的環境，寫作者可能會想建立脈絡來協助讀者詮釋他們選擇的樣式。

寫作者可以事先宣布自己的樣式——例如：「最重要的重點會以藍色標示」或「我會以斜體表示最重要的重點」。這樣明確的說明可為讀者建立規範，就類似教科書經常以不同的字型色彩表現重要概念，並在每一章的開頭或結尾定義顏色的含意。

作者也可以添加標頭（例如：「最重要的：」），再把整句話改成粗體或斜體來消除不確定。不過，如前文提到的，透過簡訊或社群媒體溝通的寫作者，通常也沒有斜體和字型色彩的選項。因此他們較可能使用全部大寫或最典型的現代樣式潤飾：表情符號。

大部分的調查受訪者也認為全大寫是在顯示重要性，但也有相當比例（二五％）的人主動表示，他們把全大寫視為傳達憤怒。後面這種詮釋或許反映了社群媒體的崛起。在社群媒體，全用大寫字母的留言通常被認為具侵略性，甚至敵意。如果某種樣式超過了一種詮釋方式，就可能造成混淆。當讀者看到一個字母全部大寫的句子，他們可能免不了懷疑：寫作者生氣了嗎？或者寫作者是在強調這段話很重要？或兩者皆是？仔細閱讀上下文或許能幫助讀者釐清寫作者真正的用意，但那時很多忙碌的讀者已經掉頭離開了。

也許正因有這些含糊之處，全大寫的使用已成為法律研議的主題。美國聯邦貿易委員會要求向消費者揭露的資訊（例如：法律條款）應「清晰且醒目」。③為做到這項要求，很多組織都在重要的合約條款使用全大寫，例如：亞馬遜、Uber和臉書都有超過四分之三的服務條款，至少包含一個字母全大寫的段落。④有些州的法律明文規定，特定種類的協議，比如兒童贍養令和驅逐權的說明，必須使用全大寫來凸顯關鍵部分。⑤但由於讀者對樣式的解讀不一，使用全大寫反倒可能讓讀者對特定文字視而不見，無法擔保他們一定會讀。

察覺到這種可能性，一些法院最近裁定，在向消費者揭露資訊和告知法律聲明的關鍵內容時，使用全大寫文本並不夠充分。⑥學術研究支持法院的見解。研究顯示，全大寫文章並無法提升讀者的理解程度。閱讀大寫段落所需的時間遠比一般文章來得久，對長輩而言更是如此，因此反倒可能妨礙理解。⑦

全大寫選項的一大好處是所有媒介，從紙本、電子郵件、各種網路形式到辦公室聊天的寫作者都可以使用。不同於其他多數樣式，大寫也可以在簡訊及社群媒體貼文中使用。只要記得：全大寫固然可以用來表示強調，但更容易被視為不禮貌或幼稚的吼叫。請小心確認讀者認為你要表達的意思，就是**你**認為自己在表達的意思。

項目符號

項目符號是極為實用的樣式工具，不過也有詮釋不一的問題。它們通常也無法順利轉移到社群媒體或簡訊。我們意見調查的受訪者大都指出，加了小圓點的項目通常表示內容重要，但也有相當比例的人明確地把加了符號的項目，詮釋為按照層次和邏輯排列的清單。在後面的觀點，用項目符號傳達的文字在邏輯上彼此相關，也跟符號前面的詞語相關。

一般來說，看到加了項目符號的清單，讀者會仰賴清單前面的句子來判定那值不值得讀。如果你打算讓清單按照某種層次排列，在這裡告訴讀者是合乎邏輯之舉。讀者也普遍認為子項目——縮排並嵌在較高層次項目底下的項目——和正上方較高層次的項目有關。因此，讀者如果覺得較高層次的項目與他們無關，他們很可能就會跳過子項目了。

美國政府的《聯邦淺白語言準則》舉例說明了項目符號可以怎麼用來組織和簡化資訊，幫助讀者更快理解要點。準則列出兩個說明醫療補助資格標準的版本為例。⑧

⊙標準版：

醫療補助：如果您年老（年滿六十五歲）、失明或殘疾，且為低收入與資源匱乏，可申請。如果您罹患絕症並希望接受安寧照顧，可申請。如果您年老、失明或殘疾、住在護理之家，且為低收入、資源有限，可申請。如果您年老、失明或殘疾且需要護理之家照顧，但若得到特別社區照護服務，仍可待在家中，可申請。如果您具備聯邦醫療保險資格，且為低收入、資源有限，可申請。

⊙**使用項目符號版：**

如果您符合下列條件，即可申請醫療補助：

- 罹患絕症並希望接受安寧照顧。
- 具備聯邦醫療保險資格，且為低收入、資源有限。
- 年滿六十五歲、失明或殘疾，且為低收入、資源匱乏，以及：
- 住在護理之家。
- 需要護理之家照顧，但若得到特別社區照護服務，仍可待在家中。

標準版和**使用項目符號版**傳達的內容一模一樣，但後者讀起來容易且迅速得多，因為它以讀者預期且理解的方式組織資訊。每一個項目都和清單前面的句子有關，每一個子項目也跟上方較高層次的項目相關。

讀者詮釋項目符號的方式不一，也因此項目符號需要小心使用。寫作者常使用加了項目符號的清單來組織內容，卻無意暗示帶有項目符號的項目，比周遭沒有項目符號的概念更重要。舉例來說，我們合作的一個組織分享了一封由其董事長寫給其他董事的電子郵件。那封信的首要目標是找時間安排下一場董事會議；這個主要問題嵌在信末的段落裡。但信中還包含六個敘述其他資訊的段落，包括一個加了項目符號的清單，洋洋灑灑列了新客戶會從組織收到的十三項贈品，比如巧克力、焦糖和一株植物。信不是我們寫的，但我們應該可以確定，加了項目符號的客戶禮品清單，不會比安排下一場會議的問題來得重要。

在這樣的例子，項目符號可能會使讀者的目標和寫作者的目標相牴觸。如果讀者推測加了項目符號的清單就是你訊息裡最重要的部分，他們可能會覺得讀完這些項目就可以不管其他內容，因而錯過你真正想傳達的最重要資訊。果不其然，在這位董事長發送了上述電子郵件後，他們一直搞不定下次會議的時間。

使用項目符號列出低順位的項目，會有誤導讀者、使讀者沒看到真正要務的風險。用一個句子列出這些項目，以分號分開，或許就能避免忙碌的董事錯過文件其他地方更重要的資訊。

我們不該讓忙碌的讀者停下來懷疑那些粗體（或斜體、醒目提示、底線等等）代表什麼意思。先了解讀者如何詮釋，或先確切說明你的用法，就能避免困惑。只要寫作者和讀者對於樣式的意義見解一致，樣式就可以極有效地讓訊息更容易閱讀、理解和投入。

規則2：最重要的概念加上醒目提示、粗體或底線

既然大多數人認為加上醒目提示、**粗體**和底線的文字就是作者認為最重要的地方，這些工具就有助於吸引讀者注意文章裡面至關重大的部分。

在我們另一項網路研究中，支付酬勞請一千六百多位受試者閱讀一篇有五個段落的文章。在第四段中間，我們嵌入一個句子指示讀者在後續意見調查的一個問題選擇「忙碌的讀者」為答案。有些受試者看到的是沒有樣式的版本。在這第一組，有六五%遵照指示；他們平均花了近兩分鐘讀完文章。其餘受試者也讀同樣的文章，但那一句指令加了黃色醒目提示、底線或粗體。在這第二組，有八九%遵照指示——而且平均閱讀時間比第一組短二十秒。⑨把關鍵文字加上樣式可以攫取讀者注意、傳達欲傳達的訊息，並減少讀者花在文章其餘部分的時間。

因為這些樣式效果奇佳，它們也可能產生始料未及的後果：讀者很容易因此沒注

意到其他事項。在二〇一二年一項較早的研究，我們請近一千人閱讀同一篇五段文章。⑩在第四段中間，我們請他們在後續意見調查的一個問題選擇特定答案，只要選那個答案，就可贏得相當於研究參與酬勞一半的獎金。

一些受試者被分配閱讀沒有樣式的文章，這些人有四八％遵照指示，贏得獎金。另一組讀到的文章則有不相干的句子被加上醒目提示。在這個例子中，只有三九％讀到（未加醒目提示的）指令句，選了正確選項而獲得額外報酬。或許因為受試者相信寫作者已刻意幫最重要的資訊加上樣式，因此他們在讀這篇文章的其餘內容時，就不像讀完全不加樣式的文章那麼仔細了。⑪

這一節的重點是，醒目提示、粗體和底線有利有弊，需要權衡：它們能提高讀者讀有樣式文字的可能性，但也可能降低讀其餘內容的可能性。如善加運用，這些工具可以幫助讀者找到和了解最重要的資訊。但如果亂用一通，反而可能有損寫作者的目標。一如高效寫作所有面向，你必須了解自己的讀者，也必須明白自己的目標。

規則3：過猶不及

樣式和文字、概念和請求一樣，少即是多。我們前文介紹過的近一千人研究，還有另一個變化版。我們同樣給網路調查的受試者一篇五個段落的文章，把指令句安插在第四段。⑫一如先前的例子，有些受試者被分配閱讀的文章，嵌入了帶有醒目提示的指令句，這些人會比未見到任何樣式的受試者更可能貫徹指令，並贏得獎金。毫無意外，對吧？讀者更可能去讀有醒目提示的文字。

但這一次，我們加了一個新條件：受試者見到同一篇文章，但有五個句子加了醒目標示，包括那個嵌入的指令句。這一組受試者——也就是除了指令句，還見到四個加了醒目提示的句子——得到獎金的比例低於只見到指令句被凸顯的受試者。整體而言，只見到一個句子加上醒目提示的那組受試者，有八四%贏得獎金，見到五句話被凸顯的受試者則只有六五%。凸顯五個句子的效果仍比完全不凸顯來得好（後者僅五五%），但在同一篇文章的很多地方玩花樣，顯然會分散忙碌讀者的注意力而稀釋成效。

總而言之，如果你特別希望讀者聚焦在一件事情，請避免在許多項目編排樣式。

然而，有時你真的希望讀者注意不只一個地方。常有人問我們：「如果我有三件（或以上）要事需要在同一則訊息傳達，該怎麼辦？」我們通常會先反問，真的所有資訊都那麼重要嗎？如果答案是肯定的，我們會再問，所有資訊都需要塞進同一則訊息裡面嗎？如果答案還是肯定的，那這位寫作者就必須極為審慎地應用樣式了。（我們會在第10章更詳盡討論這個議題。）

假設有多個事項同等重要，高效訊息溝通者可能會想每一件事都加上顯眼的樣式，來幫助忙碌的讀者注意到它們，即便可能得付出掩蓋訊息其他內容的代價。想像忙碌讀者**只**讀有樣式的內容，是有用的練習。讀者接收得到所有必要資訊嗎？如果不行，請回頭重新思考我們剛提出的問題。

有些寫作者在這種情況會採用另一種方法：在同一則訊息裡用上多種樣式。我們一般建議不要走上這條危險的路。太多樣式不僅會稀釋每一個加了樣式的要項的衝擊力，太多樣式類型還可能製造視覺混亂，令讀者迷惑。請參考後文這封我們（潔西卡）在幾年前收到，某計程車公司寄來的電子郵件：

JESSICA, **IMPORTANT: READ THIS EMAIL IN ITS ENTIRETY**

Hello and thank you for remembering us. We can provide your one way service at the cash rate with a $25 Deposit payment below on the link where it says "SELECT HERE" Once payment is processed we will send a payment confirmation email & you are all **confirmed & booked**.

Once PAID I will have your party (1) confirmed on my schedule for pickup

Friday, January 14, 20XX @10:00am
Pick up: [ADDRESS]
Drop off: [ADDRESS]
Rate: $79 one way
(Pick up & drop off only. Any store stops, extra cargo, wait time is an additional cost)
Contact ph no: 555-555-5555

PICK UP INSTRUCTIONS:

- We will contact you on the day of pick up with the contact phone number you provided.
- Once we are in the area we will reach out via phone call or text a few minutes prior to the pickup to be sure you are ready.
- If there are any questions or changes PLEASE CALL 555-555-555

PAY NOW $25 DEPOSIT

1. "SELECT HERE" Under the RED ARROW select "CLICK TO PAY NOW" button

2. You can Pay by Credit Card or PayPal account.

BALANCE OF $54.00 DUE AT TIME OF SERVICE IN *CASH ONLY!*
DRIVER TIP NOT INCLUDED *Gratuity is customary & appreciated. Thank you!*

YOUR RECEIPT # / TRANSACTION ID # IS YOUR CONFIRMATION #
A final confirmation email will be sent once payment has cleared

Best Regards,
[SALESPERSON NAME]
Sales & Support Manager

Thank You for supporting our local Family Owned & Operated Business

潔西卡， **重要：請讀完整封郵件**

您好，謝謝您記得我們。只要您預付 25 美元訂金，我們就可以依現金價為您提供單程服務，請點選下方 「請點這裡」。付款處理完畢，我們將發送一封 確認付款郵件 ，告知 **您已確認並預約成功**。

付款完成後，我會請貴方（1 人）確認行程以利接送

20XX 年 1 月 14 日星期五，上午 10:00

上車地點：〔地址〕
下車地點：〔地址〕
費用：$79 ／單程
（單純接送費用。中途停留商店、額外行李、等待時間費用另計）
聯絡電話： 555-555-5555

接送注意事項：

· 接送當天我們會撥打您提供的聯絡電話與您聯絡。
· 到達您的地區後，我們會在接送前幾分鐘致電或傳簡訊聯絡您，確認您已準備就緒。
· 如果有任何問題或變更，請致電 555-555-555

現在就預付 25 元訂金

1.「請點這裡」；在 紅箭頭 下點選「現在付款」鍵

2. 您可以用信用卡或 PayPal 帳戶付款

服務時需支付餘額 54 美元，*只限現金支付！*
不含司機小費 *小費是慣例，不勝感激。
謝謝您！*

您的收據號碼#／交易編號即為您的確認編號#
款項付清後會寄送確認郵件

銷售及支援部經理
〔銷售人員姓名〕 敬上

謝謝您支持我們在地家族營運企業

這封電子郵件什麼都用了：各種字級、多種字體和醒目提示的顏色（在這裡都以灰底呈現）、粗體、全大寫、底線、斜體、項目符號等等。結果：五彩繽紛、滑稽可笑、令人摸不著頭緒。讀者該注意什麼呢？哪個資訊最重要呢？這裡訊息這麼多，寫作者到底認為哪件事情最重要，讀者的看法天差地遠。

我們把這封電子郵件拿給學生看，有些學生斷定最重要的資訊是計程車的接送細節。有些人認為是請求協助的電話號碼。還有些人說最重要的資訊是餘額要在接送時支付。寫作者是因為有五十四美元餘額未付而生氣嗎，不然那句話幹麼全用大寫？或者，他們只是在強調五十四美元必須在未來支付？這些項目全都做了樣式，而且是不同的樣式，徒使讀者搞不清楚，到底哪一個才是最重要的。一旦有讀者搞不清楚，就表示寫作者沒有做到明確的溝通。

這位寫作者的解決之道是找出藏在混亂中的焦點。仔細讀完，似乎有一個資訊對寫作者最重要：收信人必須支付二十五美元的訂金來確認預約叫車。你匆匆看完電子郵件之後，是否明白這點呢？潔西卡顯然沒有。看到「您已確認並預約成功」加了粗體和底線，她相信自己的預約已經確認且登記了。要多讀幾遍，潔西卡才明白，她必須先付訂金才算確認行程。假如這封電子郵件更有效地使用樣式，就可以節省她的時間和心力了。在這個例子中，她確實花了不少時間和心力，才能抓出那個關鍵細節。換成其他讀者，很可能就漏掉了。若是如此，這家計程車公司的不良樣式可能會害它失去一些顧客，也可能害搞不清楚狀況的旅客錯過班機。

這封計程車電子郵件就像香蕉麵包抹了花生奶油、又夾了火腿和戈貢佐拉起司：集合了所有吸引人的原料，卻堆疊成令人倒胃口的整體。在單一訊息裡面運用太多種類的樣式，可能會使讀者無從判斷任一種樣式的意義，進而更可能沒讀到或不了解最重要的資訊。一大堆內容都加上樣式的效果，可能比完全不用樣式還差。但如果你選擇合適的原料並審慎明智地應用，就可以將讀者的注意力引導到你希望它去的地方。

8 原則（五）：告訴讀者為什麼該在意

大多數人都不是特別擅長從別人的觀點想像世界。在一項異想天開卻極具代表的研究中，史丹佛研究員伊莉莎白．路易絲．紐頓把受試者分成兩個團體：**敲擊組**和**聆聽組**。敲擊組敲出眾所周知的曲子，如〈生日快樂歌〉和〈星條旗之歌〉的旋律，讓聆聽組猜猜看他們敲的是什麼歌。然後真正的測驗來了。研究員請敲擊組想像自己是聆聽組，預測有多少比例的聆聽者可以正確猜出他們敲的歌。敲打者預測成功率會有五〇%。事實上，聆聽組猜對的只有二．五%！①敲擊者難以進入傾聽者的內心，也不知道自己多不擅長這件事。

同樣的，寫作者也難以站在讀者的立場想。我們以為讀者投入我們訊息的時間，比實際時間還多。而且以為他們會在我們寫的內容裡找到價值。事實上，如我們所見，寫作者和讀者往往目標分歧。讀者常忽視看似不符自身目標的訊息——於是我們自己的目標就無法實現了。

身為寫作者，我們未必能改變自己撰寫的主題來讓讀者覺得更有趣或更切身相關。我們**能夠**做的是：訓練自己更了解我們的讀者，這樣才能和他們更有效地溝通。我們可以策略性地強調自己認為讀者可能最關心的面向，並明確說明為什麼相信他們該關注。

就連最有效的寫作也無法保證成功，但它可以大幅提高忙碌讀者閱讀和投入心力的可能性。

與個人切身相關的寫作規則

規則1：強調讀者重視的事物（「那又怎樣？」）

當讀者認定某個主題切身相關，他們就會付出較多心力來了解、讀得較深入，也記得較多內容。[2]研究人員已透過實驗證實，人憑主觀會注意到的事：我們傾向投入較多時間與心力在直接影響自己的事物。在一項研究中，心理學家理查・派提及同事請大學生讀一份考量中的大學政策，比如訂立畢業考試的規定。當告知學生他們目前就讀的學校正考量這項政策時，他們會比被告知另一州某一所大學正在考量該政策的學生，讀得更仔細、更周延。③

另一項由聖母大學進行的研究檢視了青年投票參與組織「搖滾投票」（Rock the Vote），探究「個人受影響的感覺」可以如何提高真實訊息達成目標的成功率。④「搖滾投票」的設立目的是在搖滾音樂會上召募年輕選民，該組織寄了電子郵件給一萬九千九百九十位民眾，鼓勵他們在現場音樂會擔任志工協助選民登記。電子郵件分為兩種版本。

寫作者觀點版的主旨反映了寫作者召募新志工的目標。**讀者觀點版**的主旨則著眼於收件人可能重視的事情：

寫作者觀點版

收件人：〔姓名〕
寄件人：搖滾投票
主旨：來搖滾投票當志工

ROCK THE VOTE

親愛的〔姓名〕，

二〇一〇年將在全美各地舉行大選。在科羅拉多這裡，藉由您的幫助，「搖滾投票」會在演唱會和節慶活動、酒吧和街區舞會、校園裡外鼓勵年輕人登記投票。您願意加入貴社區或校園的「搖滾投票街頭團隊」嗎？

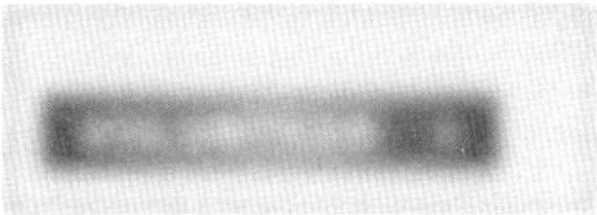

請點這裡報名擔任科羅拉多搖滾投票的志工。

搖滾投票致力於鼓勵科羅拉多的年輕人參與投票。今年我們把焦點擺在二〇〇八年選舉之後年滿十八歲的民眾，以及剛搬過來的新居民——他們需要重新登記新的地址！
請加入這項運動，讓年輕人登記投票，於二〇一〇年回到投票所。
我們已經規畫了好幾場別開生面的活動，請點這裡查詢活動，並報名擔任志工。
期待和您攜手合作。

科羅拉多州統籌專員
〔統籌專員姓名〕　敬上

讀者觀點版

收件人：〔姓名〕
寄件人：搖滾投票
主旨：來搖滾投票當志工

ROCK THE VOTE

親愛的〔姓名〕，

二〇一〇年將在全美各地舉行大選。在科羅拉多這裡，藉由您的幫助，「搖滾投票」會在演唱會和節慶活動、酒吧和街區舞會、校園裡外鼓勵年輕人登記投票。您願意加入貴社區或校園的「搖滾投票街頭團隊」嗎？

你可以免費觀賞最棒的節目，同時進行重要的工作！

報名去 >

你可以免費觀賞最棒的節目，同時進行重要的工作！

請點這裡報名擔任科羅拉多搖滾投票的志工。

搖滾投票致力於鼓勵科羅拉多的年輕人參與投票。今年我們把焦點擺在二〇〇八年選舉之後年滿十八歲的民眾，以及剛搬過來的新居民——他們需要重新登記新的地址！
請加入這項運動，讓年輕人登記投票，於二〇一〇年回到投票所。
我們已經規畫了好幾場別開生面的活動，請點這裡查詢活動，並報名擔任志工。
期待和您攜手合作。

科羅拉多州統籌專員
〔統籌專員姓名〕　敬上

在這個例子，訴諸讀者的私利——免費的演唱會聽起來很讚！——有助於「搖滾投票」達成增募志工的目標。該組織在這封電子郵件鎖定年輕人，年輕人可能是音樂愛好者，但免費的演唱會不是讀者唯一關心的事情。他們可能也想主動幫助他人、表達自己的價值觀、與他人的行為一致，或只想被視為善良的人。⑤在同一場實驗中，「搖滾投票」也測試了強調這些主題的訊息。其他訊息造就的志工報名人數都沒有像「免費演唱會」訊息這麼多，但其他背景、其他類型的讀者必然會有不同的回應。了解特定讀者的觀點，並找機會測試不同的訊息相當重要。

「搖滾投票」研究訴諸讀者個人期望和目標的做法，也凸顯了一個重要的道德考量。一些**讀者觀點版**的收件人之所以受到吸引而開啟郵件，是因為希望獲贈免費音樂會門票，但他們對擔任志工毫無興趣。這些讀者讀了他們終究不感興趣的訊息，也是浪費時間，而且可能覺得被騙。另外，也可能有些收件人是受到免費演唱會門票的吸引而讀了訊息，但隨後發現——本來沒有這樣預期——他們也對當志工感興趣。這些讀者很可能會忽視**寫作者觀點版**的訊息。這些讀者收到**讀者觀點版**的結果較佳，因為這讓他們能夠找到自己其實重視、但原本可能錯過的機會。

歸根結柢，幫「搖滾投票」撰寫這封電子郵件的人，一如所有寫作者，必須平衡強調不同資訊的利弊得失。或許，若以召募更多志工為目標，讓喜愛演唱會但對當志工絲毫不感興趣的讀者付出時間成本，是可以接受的代價。換成其他情況，誤導讀者或浪費讀者時間的風險，可能高過採用**讀者觀點版**這類方法的效益。如果以讀者為導向的訊息本質看似欺騙，或是讀者並不認同寫作者的目標，這次交流除了浪費目標受眾的時間，也可能趕跑他們。

對於從事應用文通訊的寫作者來說，一個相當不錯的速記短語是：「那又怎樣？」試著想像你是自己訊息的收件人，想想可以怎麼讓對方在意你要說的話。除了讀者為什麼該在意，另一個要考量的因素是：為什麼讀者**現在**就該在意——也就是訊息的適時性。這點我們會在第10章詳盡討論。

如果你設身處地、從收件人的視角撰寫，那就連最單純的日常訊息（簡訊、工作電子郵件、Slack threads）也會比較有效。

規則2：強調讀者該在意哪些內容（「為什麼是我？」）

正確預測讀者會關心**哪些內容**的概念很難，所以另一個實用的策略是經由強調讀者該在意**哪些內容**，來鎖定你發送訊息的目標。如果有則訊息看來稀鬆平常、非關特定人士，讀者可能索性認定它無關緊要，就不予理會。這麼一來，明明與這則訊息有關的讀者，說不定就錯過寶貴的資訊了。

在難以鎖定特定族群的大眾傳播，明確指出你的目標受眾是誰尤其適切。如果市政府要通知居民某間地方圖書館將因施工閉館，這只和使用那間圖書館的民眾切身相關——但市府官員未必知道那些民眾是誰。若遇到這種情況，強調訊息和哪些讀者有關可能有助於節省讀者的時間，並讓資訊更有機會觸及需要知道的人。

舉例來說，ＸＹＺ濃湯因為食安顧慮需要回收。販售這項商品的超市並沒有購買者的名單，但他們確實有網站和電子郵件名單，以及可以張貼公告的實體店面。接下來他們就要面對以下問題：如何確定需要知道的受眾注意到，且在意這則訊息。

在撰寫回收公告時，商店可以根據他們認定的目標來撰寫標題，提醒購物者有產品回收通知發布了：

⊙**寫作者觀點版：**注意：重要的產品安全回收資訊

這則**寫作者觀點版**的通知可能跟每個人相關，但它太平凡無奇，我們預計沒幾個人會把這當回事。**讀者觀點版**的標題則強調這則訊息與哪些讀者切身相關：

⊙**讀者觀點版：**注意：如果您在六月購買過XYZ濃湯，產品已被回收

透過為該在意這則訊息的讀者量身訂作標題，**讀者觀點版**的標題應可讓更多有關係的讀者認真讀。這也幫助與訊息不相干的讀者明白可以自己跳過不理，可說對忙碌的讀者更有效，也更體貼。

就個人與公司的日常通訊而言，對象通常只有一個人。可是一旦訊息擴展成群組簡訊、辦公室電子郵件名單、讀者廣泛的Slack頻道等，我們都遇過類似這種鎖定對象的問題。在這種情況，有另一句短語可做為簡單的測試：「為什麼是我？」想像收件人看著訊息問：「為什麼是我？我為什麼會收到這則訊息？」

你也許收過某某公司員工旅遊的大宗電子郵件，或某某點頭之交的度假冒險通知，所以一定明白這種干我什麼事的感受。只要這些訊息先說清楚它們是發給誰看的，你或許就會視而不見，繼續忙自己的事。但假如你浪費時間讀了不相干的內容，就可能火冒三丈，甚至感覺受騙。要有效地訊息溝通，請在下筆時考慮這種感覺，然後明確指出你希望誰在意，以及他們為什麼該在意。這樣的定位能讓你的訊息更貼近自己想要接觸的讀者，也減少對不相干讀者的干擾。

9

原則（六）：讓讀者容易回應

有時我們寫作的首要目標是分享構想，並確定讀者能理解。這樣的寫作可以化為各種形式，展現不同程度的企圖心。舉例來說，你的目標可能是「一定要讓家長知道學校這星期有親師會」，或是告訴同事「部門近來的成就和挑戰」。你可能想分享家人的消息，或確保鄰居知道即將影響社區的新政策。文章、論文，甚至一整本書，都可能屬於這一類的寫作。不論規模大小，最終目標基本上都是**提供資訊**：你希望讀者注意，而且認真讀你所說的。

然而，很多類型的日常訊息是需要回應的。你不只希望讀者閱讀且了解你的訊息，也想要他們採取具體的**行動**。在這裡，目標不一而足。通常你的目標是要收件人做特定明確的事情，像是安排會面、回應請求、申請計畫、訂閱電子報或網路研討會、提高學校出勤率，或是填寫線上表格等。但有時你的野心更大，可能想鼓勵讀者捐款、為你崇尚的志業擔任志工，或是在即將到來的選戰幫某位候選人輔選。

就這些以行動為目標的訊息而言，你需要收件人閱讀並理解你的訊息，但這還不夠。就算讀者了解你的訴求、就算他們想要付出心力來完成它，但如果訴求太難或太花時間，他們還是可能辦不到。人的時間和注意力有基本限度，這讓忙碌的讀者必須判定，現在行動的代價會不會太高。他們有可能延後行動——而一旦延後就可能忘記回來，也可能決定乾脆什麼都不做。這一章將著眼於怎麼讓讀者更可能採取我們所要求的行動。

「TL;DR」（太長了，我不讀）：盡可能讓請求容易做到。

容易回應的寫作規則

規則1：簡化行動步驟

要提高人們行動的可能性，最有效的方式是讓行動不費吹灰之力。也就是說，你可以安排一個預設的行動選項，如果對方什麼都不做，該行動就會自動發生。舉例來說，許多公用事業和銀行每個月都會寄紙本帳單給顧客。寄紙本帳單是預設的行動。如果顧客沒有特地另做選擇，就是被動「選」了紙本帳單。顧客也可以主動選擇改用電子帳單。

預設選項的力量有多大？一個顯著的例子是退休儲蓄。美國很多雇主提供全職員工多種退休計畫的選項。標準登記程序是要求員工**選擇加入**：他們會收到有關退休計畫的資訊，然後審慎地採取步驟來登記。然而，研究一再發現，改成自動讓員工參加計畫，並提供主動退出的選項，可大幅提升參與率。[1] 類似要選擇才能退出的訊息也能有效鼓勵其他許多行為，包括加入器官捐贈登記[2]、施打流感疫苗[3]、參加僅使用再生能源的用電方案④。

在無法採用預設選項的時候，只要簡化行動的過程，也能大幅提高讀者行動的可能性。一種最簡單的簡化方式是減少所需步驟的數量。我們與華府公立學校學區合作進行了一項研究，為六千九百七十六名中學學生的家長實行簡訊更新動態計畫。⑤該計畫寄送每週自動更新的訊息，通知家長孩子缺課、未繳交作業，或是課業成績低於平均的情況。

要收到每週更新的訊息，家長必須報名參加。一開始，所有家長都會收到一則簡訊通知他們，學區正在推行這項新計畫。接著他們會收到參加的邀請。但這樣的邀請常常無法讓忙碌的家長走完程序。因此我們開始測試各種讓報名更簡單的方法，並追蹤不同的方法如何影響註冊率。

第一組家長收到簡訊邀請他們登入校區的家長入口網站、啟動服務，完成註冊。這在當時是邀請家長註冊的標準程序。以這種方法聯繫的家長，註冊人數不到一％。另一組家長收到的簡訊邀請他們回覆「啟動」即可報名，無須另外登入網站。這一組家長有一一％報名。最後，第三組家長經由簡訊通知他們已自動註冊參加計畫（也就是我們把參加服務列為預設選項），但家長只要隨時回覆「停止」就可選擇退出。這一組家長有九五%保持註冊狀態。而這項服務改善了學生的學習成就：被分配到「選擇退出」組的家長，他們的孩子成績進步，不及格的科目也減少了。

因此，改變預設選項，證明是讓家長參加每週訊息更新最有效的方法。不過，允許家長透過回覆一則簡訊報名參加，不必另外走完網路報名程序，也能增加報名人數達十倍之多：從一%到一一%。

身為寫作者，我們往往無法掌控要讀者採取的步驟。像改變訊息更新註冊程序之類的重大決策（更別說器官捐贈或公司退休計畫了！）通常不在我們權限範圍內。但是，我們可以在傳送的訊息裡做很多小事情，透過減少讀者採取行動所需的步驟，來讓他們的日子更愜意。這裡舉會議安排為例。為表示禮貌，很多人會提出以下這樣的開放式問題：

下個禮拜聊聊好嗎？

這種超有彈性的請求很容易轉變成一連串往返信件，只為了找出雙方合意的見面時間。更有效的寫法是以容易了解和回應的方式建議日期和時間，以及要見面多久，像以下這樣：

下星期碰面三十分鐘好嗎？如果可以，下面這些時間怎麼樣？（美東時間）

- 星期二（三月十三日）上午十點半
- 星期三（三月十四日）中午十二點
- 星期四（三月十五日）下午三點

請注意這個訊息也運用我們先前提過的明晰規則，避免了常見的時間安排問題和混亂。你是指這星期，還是下星期？（下星期，如日期所示。）時間是我的時區時間，還是你的時區時間？（美東時間，說得很明白。）這個訊息讓相關人員不必來回寄送不必要的電子郵件。這也提高了敲定見面時間的機會。

美國一所重點大學的副校長辦公室進行了一項研究，經由提供讀者直接使用Calendly安排時程的選項，讓這個過程更進一步。（Calendly是一款與網路行事曆整合的約會安排應用程式。）在一項測試中，一封電子郵件寄給一一五名大學校友會幹部，請求開會。在簡述發起會議的緣由後，信件以下列兩個問題之一結束：

⊙**標準版：**在您方便的時間，是否可以透過 Zoom 或電話簡短開個會嗎？如果您有任何疑問，請告訴我，期待您回信協調我們的會議時間。

⊙**容易版：**在您方便的時間，是否可以透過 Zoom 或電話簡短開個會嗎？為您方便起見，以下提供一個直接連到 my calendar 的連結，您可以在上面選擇最適合自己的時間。

容易版提供讀者直接登記方便時間的選項，**標準版**則要求讀者回覆方便的時間。結果辦公室能夠與三三％收到**容易版**請求的讀者確定會議時間，反觀**標準版**則只有一七％。不過這裡提醒一件事：有些人告訴我們，若有人寄給他們數位行事曆的連結來安排會議，他們會覺得受辱——如果對方是會議發起人，更是如此。因此，雖然這種策略在測試的大學有效，但在其他背景可能被認為過度侵擾。

如果你要在其他訊息溝通類型應用這種策略，也需要注意語境。比方說，如果是請求同事協助，你就不會希望自己的措辭讓對方覺得你在強迫他們答應。如果你提議和朋友碰面，最好說得比「下禮拜碰個面好嗎？」更明確一些。但如果你說：「我們約星期二、六點半在ＡＢＣ餐廳碰面。如果你沒有表示意見，就到時在那裡見了」，聽起來也很跋扈。

易於回應的規則就像其他規則，也需要了解你的讀者和他們的背景。

規則2：統整行動所需的關鍵資訊

還有一種做法能提高讀者採取行動的可能性：讓讀者更容易理解執行行動所需的一切資訊。如有可能，請盡量把所有必須知道的細節直接含括在訊息裡，運用明晰和設計的規則讓忙碌的讀者更容易注意到它們。舉個例子，請想想一種相當常見的個人及公司訊息溝通類型：一連串來來回回、呈現許多訊息的電子郵件。在回應一長串連鎖電子郵件時，寫作者常提及較早的電子郵件，而非整理歸納整個交流過程。結果就會寫出像這樣的訊息：

請看底下四月三日傳送的訊息，然後告訴我你怎麼想。

重提較早的電子郵件或許能節省寫作者的時間，但這種方法最後往往需要讀者付出更多時間和心力。在上述的例子中，這強迫讀者搜尋連鎖郵件（常常是一長串嵌來嵌去的訊息）來找四月三日寄出的訊息。要是寫作者直接重新敘述四月三日訊息的相關資訊，就會讓讀者更方便、更容易回應。

有時，提供必要的資訊需要整合和削減在別的地方出現過的資訊。二〇〇六年，喬治．布希總統簽署提供處方藥物福利給聯邦醫療被保險人的法律。被保險人要從數十項可能的計畫中擇一。政策制定者認為，多點選擇總比少點選擇好。理由是：既然選擇福利計畫在經濟上很重要，公民會慎重考慮、仔細挑選擇最適合自己的計畫。為幫助被保險人在資訊充分下做抉擇，決策者甚至架設了一個會計算個人化成本的網站，然後寄紙本信給被保險人，內容包含該網站足足有八十四字元的連結。如此一來，所有收件人都可以上網徹底研究每一個計畫選項，選擇最符合個人需求的那個。他們只要打字輸入那個連結，瀏覽網站就好。

政府研究人員明白，徹底瀏覽藥物福利網站、了解所有不同的計畫，需要耗費大量的時間和心力。他們想知道，如果以較簡單的方式統整關鍵訊息，能否幫助人們更妥善地選擇適合自己的計畫。研究人員寄了兩種信給五千八百七十三位聯邦醫療保險的被保險人。其中半數收到原版的信件，指引他們上官方網站（附上完整拼出的連結），還附了一本如何使用網站的小冊子。另一半則收到簡化版的信件，內含他們原本會在網站上看到的資訊：目前計畫的個人化資訊，與保費最低計畫的比較、一項推薦計畫，以及轉換計畫可讓被保險人省下多少錢的細節。雖然同樣的資訊在網站上可免費查閱，但在信裡直接提供——而非請收件人自己上網搜尋——使轉換計畫的人數幾乎增加一倍，從一七％增至二八％。簡化的信件協助省下大筆費用。如果研究裡的每一位被保險人都只收到簡化版的信，平均每人**每年**可省下一百美元的藥費。⑥

為忙碌的讀者提供簡單暢順、條理分明的資訊，也可以減少行動需要的步驟。政府單位愈來愈常鼓勵民眾使用網路工具來進行像是學校註冊、報稅、移民申請等業務。這些訊息一般是從告訴讀者類似這樣的事情開始：

您知道您可以上〔政府網站〕在線上填寫移民申請表嗎？

雖然提供網站連結有幫助，讀者一進入網站，就會碰到障礙。要展開作業，他們必須輸入使用者名稱，而這是人們經常忘記或誤植的東西。如果訊息也提供讀者進入網站所需的使用者名稱，訊息會更有用：

> 您知道您可以上〔政府網站〕在線上填寫移民申請表嗎？
> 您的使用者名稱是〔名稱〕，您可以上〔網站〕登入。

由於網路安全和隱私權限制，這樣的個人化未必可行。但在可行的時候，它可以提高讀者順應請求採取行動的可能性。如果個人化能減少寄件人處理細節所需的電子郵件和電話數量，也就可以幫他們省下時間和金錢。

幾乎所有寫作者都能以爭議較少的方式更認真地蒐集資訊，並為收件人提供有用的細節，而不是要他們搜遍連鎖郵件、先前的簡訊，或可能早就歸檔或丟棄的舊文件。身為高效訊息溝通者，確保讀者能在一個容易抵達的位置取得所有必要的資訊，是你的職責。如果讀者要找個老半天才能找出行動所需的資訊，他們很可能會拖著不做，最後完全拋在腦後。

規則3：將所需注意力減至最低

我們大腦裡的注意力系統是有限度的，這使我們對於需要大量專注力的任務很難堅持到底，尤其是很忙的時候。因此，將所需專注力減至最低，也是讓讀者更可能完成請求的有效途徑。這可以透過幾種方式來完成，包括限制提供給讀者的選擇、縮減回應的選項，以及簡單扼要地敘述回應的過程。

寫作者常提供讀者太多選擇。提供很多選項或許看似親切體貼，但其實是在無意中對收件人課徵「注意力稅」。研究證實，一旦我們有太多選擇，就常會拖到之後再做決定（或永遠不做），因為現在實在太難抉擇了。⑦限制選項數量會讓選擇比較容易，也沒那麼傷神。歐巴馬總統在一次接受採訪時，相當出色地闡述了這個策略：「你只會看到我穿灰色或藍色的西裝……我一直試著減少做決定的次數。我不想連吃個東西或穿件衣服都得做決定。因為我有太多其他決定要做了。」⑧

把行動所需的注意力降至最低，可能產生幾種重要的實際影響。回到先前退休儲蓄的例子：能選擇加入退休儲蓄計畫的員工，往往得先做太多決定才能登記。比方說，他們必須先決定想為計畫提撥多少錢，然後選擇如何把儲蓄分配給可選擇的基金和資產：債券型基金、股票指數型基金、成長型基金等。這些複雜又費時的決定可能嚇得很多人不敢加入計畫，就算他們原本是想加入的。

一項在某大型健康服務公司進行的研究，檢視了簡化決策過程能否提高退休計畫的參與率。研究團隊與兩家不同公司合作，測試了如果提供給員工的退休儲蓄計畫，屬性（包括提撥率和資產分配）是由雇主預先選好，會產生什麼影響。研究人員比較了這個替代方案與現有程序，也就是要求想加入的員工主動在所有可選項目之間做抉擇。結果，提供員工預選計畫使參與率提高一〇%到二〇%。[9]降低需要投入的注意力，會直接提高參與率。

要將讀者需要凝聚的注意力減至最低，一種相關做法是減少對讀者的要求。這種技巧適用於許多熟悉的情境。請想想底下相當典型的職場問題：

⊙**寬廣版**：昨天的資深幕僚會議開得怎麼樣？

⊙**限縮版**：昨天的資深幕僚會議，我們是否決定要投標這項工程？

哪個問題比較容易回應呢？**寬廣版**問題的開放性質，使它得花比較多時間回應。

面對**寬廣版**問題，讀者必須先統合他們對整場會議的想法，總結為一則訊息。反觀**限縮版**問題讓讀者可以聚焦在會議的特定面向：團隊是否決定投標。這個問題可以簡單、不費力地用「是或否」來回答。請注意，在這個例子，較短的訊息並非讀者較容易回答的訊息；它固然比較短，但也漫無限制。在其他條件相同下，問了**寬廣版**問題的寫作者，可能得到較豐富的回饋——前提是讀者有回覆，但因為這需要讀者付出許多注意力，他們很可能不會回。

生產力軟體可以幫助寫作者在電子郵件插入這種引導式問題，並轉化成小型民意調查，只容許幾個預先設定好的選項。這樣的限制可以訓練寫作者縮小問題範圍，也有利讀者迅速、簡單地回答問題。不過，只要勤加練習，訊息溝通者也可以自我訓練，讓自己提出的行動訴求明確而集中。

需要集中更多注意力的訊息不僅浪費讀者的時間。還可能使人誤解，造成錯誤，而這可能牽連甚鉅。二〇〇〇年美國總統大選，佛羅里達州棕櫚灘縣惡名昭彰的「蝴蝶選票」製造了混亂，也直接影響選舉結果。[10]

請見【圖表9-1】，如果仔細查看選票，投票人會了解他們需要跟著屬意候選人姓名旁邊的箭頭，來到左頁和右頁之間的黑色圓點，在那裡打一個洞來投票。但忙碌或分心的投票人很容易誤解這種設計。先讀左頁，他們會見到兩大黨的候選人被列在第一（喬治．布希）和第二位（艾爾．高爾）。如果他們趕時間，很可能會斷定打穿左右兩頁之間的第一個洞是投給布希（正確），第二個洞是投給高爾（不正確）。打穿第二個洞其實是投給改革黨的帕特．布坎南。

分析顯示，這張蝴蝶選票造成兩千多位原本打算投給高爾的民眾，誤投給布坎南。高爾以五百三十七票之差輸掉佛羅里達州，少於原本想投給他但誤投給別人的票數。後來，佛羅里達的勝敗決定了整場總統大選，送布希入主白宮。⑪這種說法並不誇張：假如棕櫚縣選票的設計沒有這麼耗費讀者的心神，二〇〇〇年美國總統大選會有不同的結果。

要把讀者需要耗費的注意力減至最低，最後一招是簡單清楚地概述採取行動所需的步驟或程序。讀者如果必須自己搜尋該做什麼的訊息，就可能乾脆不行動，同樣的，如果讀者不了解所需的步驟──**該怎麼做**──他們也可能洩氣而罷休。

在一項研究中，研究人員與美國國稅局合作，測試用不同方式傳達有關加州所得稅收抵免（常簡稱為ＥＩＴＣ）⑫的資訊。ＥＩＴＣ是給符合條件的中低收入工作者申請的稅額減免，可大幅降低他們的應繳稅額，或者增加每年的退稅金額。但要獲得

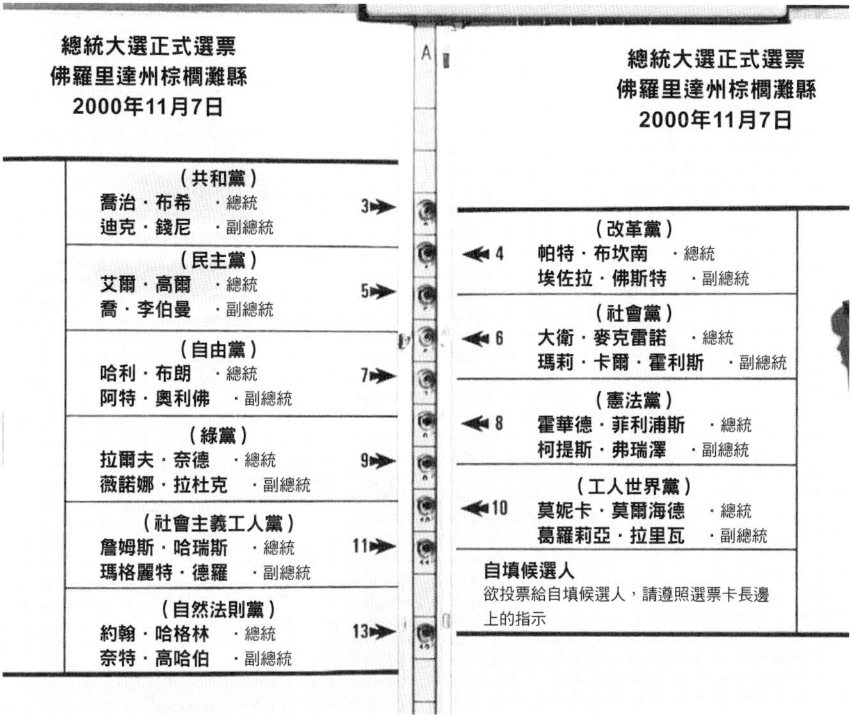
總統大選正式選票
佛羅里達州棕櫚灘縣
2000年11月7日
（共和黨）
喬治・布希 ・總統
迪克・錢尼 ・副總統
3
（民主黨）
艾爾・高爾 ・總統
喬・李伯曼 ・副總統
5
（自由黨）
哈利・布朗 ・總統
阿特・奧利佛 ・副總統
7
（綠黨）
拉爾夫・奈德 ・總統
薇諾娜・拉杜克 ・副總統
9
（社會主義工人黨）
詹姆斯・哈瑞斯 ・總統
瑪格麗特・德羅 ・副總統
11
（自然法則黨）
約翰・哈格林 ・總統
奈特・高哈伯 ・副總統
13
總統大選正式選票
佛羅里達州棕櫚灘縣
2000年11月7日
（改革黨）
4
帕特・布坎南 ・總統
埃佐拉・佛斯特 ・副總統
（社會黨）
6
大衛・麥克雷諾 ・總統
瑪莉・卡爾・霍利斯 ・副總統
（憲法黨）
8
霍華德・菲利浦斯 ・總統
柯提斯・弗瑞澤 ・副總統
（工人世界黨）
10
莫妮卡・莫爾海德 ・總統
葛羅莉亞・拉里瓦 ・副總統
自填候選人
欲投票給自填候選人，請遵照選票卡長邊上的指示

【圖表9-1】

EITC，具備資格的工作者必須年年報稅**和**申請抵免。一般而論，每年約有二〇%符合EITC條件的民眾沒有申請。⑬

研究人員測試了兩種版本的紙本通知書，告知低所得民眾他們可能有資格申請EITC。**簡單版**運用了這本書提到的許多原則，最重要的是，它清楚解釋了讀者需要採取的步驟：

您需要做什麼：

完成第三頁的所得稅收抵免工作表。

如果工作表證實您符合申請資格

請在附件工作表上簽名並註明日期，裝進隨函附上的信封，寄給我們。

如果工作表顯示您不符合申請資格

請不要寄回工作表。

反觀**複雜版**就包括一張列出六個要項的清單，提供填寫隨附工作表的說明，還加上一個註腳：**「請注意：唯有在您判定可能符合〔EITC〕申請條件下，才能將〔EITC〕工作表寄回給我們。」**⑭這種比較複雜的通知，回覆率足足比簡單版足足低了二七%。

這種方式就像我們提到的所有規則，也需要平衡。請注意，我們要的是明確又**簡單**的程序概要。如果解釋太過繁複龐雜，也可能嚇得讀者不敢行動。在同一項EITC研究，研究人員證明了這種效應。他們測試了兩種EITC資格工作表的版本：一種含括兩大主要標準，另一種則列了七項。複雜版的工作表納入較多相關細節，但也因此使回覆率降低一七%。

對低所得民眾而言，簡化所得稅收抵免的申請過程，會對他們的生活品質造成重大差異。在二〇〇〇年大選的例子，寫作者沒有注意讀者不易回應的狀況，改變了選舉結果。相信本書大多數讀者不至於因為寫作成效不彰而落入民主命懸一線的境地。但高效訊息溝通可以驅使讀者行動的原理和規則，在形形色色的背景都很實用，甚至可能改變人生。

PART 3

實踐原則

10 工具、訣竅、常見問題

本書概述的六大原則是整體性的準則。它們建立了高效訊息溝通的**基礎**——和忙碌讀者交流需要的基本技巧。但沒有人是在無干擾的環境下交流的。在我們向世界傳遞訊息的那一刻，會有無窮無盡的因素闖入。要因應這種現實，需要一套實用的方法來解決**如何**高效訊息溝通的問題——也就是幫助你實踐六項原則的工具和策略。

身為老師、研究人員、顧問、演說家的人，始終對**如何**高效訊息溝通滿腹疑問。比如有人會問，我們該刪除所有無關的內容，讓訊息愈簡潔愈好，還是該以「不必要」的寒暄開場來吸引讀者呢？發送一則包含三項請求的訊息比較好，還是發送三則訊息各提一個請求比較好？怎麼安排時間最妥當？要怎麼傳達訊息的急迫性，又不至於顯得過分強硬或含糊呢？我要怎麼調整語氣，讓它可以平衡高效訊息溝通的核心要素，和我個人的語法及特殊受眾的特性呢？

此類的問題沒有一體適用的答案，因為每一種情況都不一樣。最終，仍要靠你對讀者的了解，做出如何撰寫的主觀判斷。話雖如此，我們會提供一些建議幫助身為高效訊息溝通者的你，為面臨的特殊情況做出最好的決定。這一章將以我們身為教育工作者、公開演說者和寫作者等身分最常碰到的幾個問題建構。不妨把這當成本書的「常見問題集」：這是高效訊息溝通者力求精進和調整技能的知識庫。

要是我有很多事要說，怎麼辦？

對務實的訊息溝通者來說，少寫一點似乎是不可能克服的挑戰。我們要怎麼訴說自己想說的一切，又保持簡潔呢？多長算太長？取得適當的平衡很難，不過有兩種做法可能有幫助。

首先，**透過編輯來力求簡潔**。我們很難一次就把訊息寫得簡單扼要。寫完草稿後，請暫停片刻，再從頭瀏覽一遍，仔細看看有沒有哪些話可以改用更精簡的文字。如今你可以找軟體幫忙。比如Grammarly等應用程式、新版的Microsoft Word，都可以標出能更簡潔的句子和詞語。如果你還是不知如何下手，或許不如重新來過，從頭寫一份較簡潔的二稿，不要花時間編輯初稿。無論你用哪種方式，透過編輯力求簡潔，都是寫作過程的重要環節。

第二，**冷靜、嚴格地審視你的訊息真正需要包含的內容**。你訊息裡的一切內容，對於你身為寫作者的目標而言，全是一定不可少的嗎？有沒有什麼事情可以放到以後再傳達呢？如果訊息裡的所有內容都一樣重要，非現在傳達不可，這就引出另一個問題：如何處理具有多重目標的訊息溝通？後文會討論這點。但很多時候，我們的初稿其實犯了「使命偏離」（mission creep）的毛病，也就是目標變了、擴大了，超出原本所設定的目標。如果你的訊息內容過於龐雜，請重新聚焦在最初的目標，甚至重新斟酌這些目標是否太廣、太貪心了。

歸根結柢，寫作者必須在這兩者之間取得平衡：希望傳達所有相關的事情，以及認清添加愈多，讀者讀得愈少。這在一些例子或許是可以接受的取捨，尤其是觸及更多讀者不是首要目標的時候。法律條款的寫作者就比較在意符合揭露規定，而非讓最多人閱讀。對他們來說，完整可能勝過簡潔，守法也比易讀來得重要。

我們常在本身工作中運用的一項策略，是把有用但非關鍵的內容放在附件、附錄、連結或訊息簽名檔下面。我們會在主文提到附加的內容，但將它從正文中剔除，以免分散讀者對主要訊息的注意力。這種方法有助於兼顧作者對提供更多資訊的渴望，以及讀者對少一點資訊的需求。

總歸一句：根據我們的第一項原則，寫作者應致力使用最少的文字、概念和請求來達成目標，但也不能過少，造成目標無法實現。

高效訊息溝通的原則是否（如何）適用於較長篇的寫作？

高效訊息溝通的原則適用於所有寫作範疇。當然，如果你是想寫出下一部普立茲獎巨著，這些原則只能幫你到這裡了。但較長篇的寫作——尤其是專業的長篇寫作類型，例如：論文、專案摘要、年度報告和評論文章——不論篇幅有多長，都該易於閱讀、瀏覽及理解。

在某些方面，讓你寫的長篇文章簡單易讀，比短文章更重要。如果雇主指望你寫一份二十頁的簡報，你就得寫二十頁！但這仍然可以用常用的字、直截了當的句子、簡潔的段落、乾淨俐落的編排，以及少數幾個精闢闡述的概念來寫。

在長篇的寫作中，知道你的目標尤其重要。這也是我們寫這本書時，必須時時提醒自己的忠告。訊息愈長，就可能愈難聚焦於自己書寫的原因，以及希望獲得的結果。時時清楚惦記自己寫作的目標，可幫助你決定哪些資訊該留下、哪些該捨棄。

要是我得傳達好幾個同樣重要的資訊，怎麼辦？

就連在相當短的訊息裡，寫作者有時也必須同時納入好幾個重要的資訊。舉一個常見的例子：醫療診所一般和新病患聯絡是為了（一）詢問保險資訊、（二）提供報到須知、（三）提醒他們第一次預約就診的時間。三項資訊同等重要，都必須立刻傳達；沒有哪一項可以晚一天再說。

在這種情況，寫作者可以寫一則訊息，同時傳達所有資訊，也可以多寫幾則訊息，每則傳達一個主旨或一項資訊。沒有不容變通的準則規定哪一個選項比較優。在我們針對上班族所做的一項調查中，有七二％的受訪者表示，比較喜歡收到一則訊息同時納入三項資訊，勝過收到三則訊息各帶一項資訊。①

但場合與背景很重要。不同的受眾可能有不同的期望、不同的閱讀風格、不同的個人喜好。讀者的喜好也未必與作者的目標一致。要滿足對方的需求，最簡單的辦法就是直接問對方想要什麼。就像現在很多公司會問客戶是否比較喜歡透過簡訊或電子郵件接收資訊，取代紙本，寫作者也可以問問讀者屬意收到綁在一起或分開的請求。但有時就是不可能這麼做，所以我們在這裡建議寫作者問自己一些問題，來幫助他們順利度過這種情況：

所有資訊都和同一事件、行為或訴求相關嗎？

若是如此，把它們合併在單一訊息或許是明智之舉。醫療診所就常這麼做。一般來說，醫療機構寄給病患三封電子郵件——一封要求提供保險資訊、一封提供報到須知、一封提供預約就診細節——效果可能比寄一封涵蓋三件事情的電子郵件來得差（也更惹人厭）。這些細節全都和下一次看診直接相關，因此一併處理是合理的。但如果你的訊息的不同環節無法像這樣緊密結合，或許還是分開傳達為宜。

如果你要求讀者採取多項行動，這些行動是否可能同時完成？有沒有哪些行動比其他行動更困難或費時？

想像有一個家人寫信問收訊者：預計什麼時候抵達家族節日聚餐？……又問他們對於送合適的節日禮物給其他家人有何看法……又請他們幫忙找一份祖傳餅乾食譜。抵達時間的問題其實大可趁坐公車或排隊時打電話問收訊者就好。禮物的建議可能需要多想一下。找祖傳餅乾食譜大概就得認真挖掘了。

如果每個請求需要付出不同程度的心力，讀者就可能很難在一則訊息裡一一回應。有些讀者可能馬上回覆簡單的問題，之後就忘記比較困難的請求。其他讀者可能要到可以一次回答所有問題時才會回覆，意思就是等到他們有空，而且記得去處理這個最困難請求的時候。往往，這個神奇的閒暇時刻永遠不會真的來臨。遇到這種情況，把簡單的問題和較困難的請求分開、分別在不同的訊息傳達，會比較好。

我要怎麼讓讀者願意去讀包含很多資訊的訊息？

不論多項資訊是綁在一起還是分開，先告知忙碌的讀者：你會怎麼傳達資訊，對他們會有幫助。如果一則訊息包含多項資訊，我們可以在信件開頭明說：

我將在後面分述三點：(一)府上房屋整修的最新情況、(二)請您同意更換新燈具、(三)請安排商談時間。

同樣的，如果這位寫作者選擇分開傳達三項資訊，也可以這樣預告：

我寫這封信是要通知府上房屋整修的最新情況。我之後還會再傳一則訊息請您同意更換新燈具，並安排商談時間。

這種運用引言告知讀者後文主題的技巧，有個名稱叫「路標語」。路標語不是主要內容，而是一張導覽後續文字的地圖。這麼做雖然會增加字數，但或許有助於讀者更輕鬆地瀏覽篇幅較長或傳達多項資訊的訊息。

還有一種策略是前文介紹過的：把較低順位（但仍有必要）的資訊擺在次要的位置。你可以把這些資訊移出主文，運用「更多和這個主題有關的資訊，請參閱附件」之類的語句。或者，你可以把資訊分開來擺在附件的連結裡，或是貼在訊息尾聲你簽名的下面。

要是需要多次通訊，怎麼辦（反覆提醒、重複行動、多重步驟）？

寫作者不時需要和相同的讀者反覆交流，有時他們需要提醒讀者即將到來的事件，比方說，排定時間的看診；或者採取讀者迄今尚未採取的行動，比如回覆意見調查。有些時候，寫作者是提示讀者採取他們過去已反覆採取的行動，例如：繳納每月信用卡款項、申報年度所得稅。

反覆和同樣的受眾交流很難，部分原因是人對於多次聯繫可能有不同反應。有些讀者可能對反覆收到的訊息習以為常，特別是看來千篇一律的時候。他們可能變得麻木，對後來收到的訊息沒這麼上心。不過也有研究顯示，讀者會覺得處理見過的資訊比較容易，這麼一來，他們可能反而**更**可能關注後續類似的訊息。

這些互相矛盾的反應可能讓寫作者覺得人生好難。不過兩大要素可能有幫助：重複訊息溝通的頻率和一致性。注意這兩項因素，就能助你取得良好且有效的平衡。

頻率

多少訊息叫太多呢？傳送太多訊息很可能會讓讀者完全忽略你的訊息。如果有個寄件人寄了太多訊息，讀者可能會刪除或忽視這個人未來所有通訊。如果有取消訂閱、甚至封鎖寄件人的選項，他們說不定也會這麼做。所以，你會想盡量減少非必要的通訊。

然而，過度減少通訊次數，也有徹底失去讀者之虞。重複傳送訊息常是必要之舉，因為人很容易忘記和拖延——尤其是忙碌的時候。舉例來說，研究人員發現，傳送預約看診通知提醒病患，可減少未報到的人數。[2] 研究也發現，定期發送提醒訊息也能增進其他一些行為，例如：儲蓄[3]和支付贍養費[4]。

在判定傳送訊息的適當頻率時，寫作者需要平衡適時提醒的效益，以及傳送太多訊息使讀者視若無睹的風險。在另一項動員投票的研究中，研究人員寄了多達十則訊息給已登記的選民，鼓勵他們在即將到來的選舉投票。⑤前五則訊息的每一則都讓選民的投票率增加，而且是後一則比前一則多。但後五則就沒有進一步的效應了。

在極端的案例中，傳送太多訊息會適得其反，變得比少傳幾則還糟。在肯亞進行的一項研究中，研究團隊想方設法要讓當地愛滋病患更遵從療法指示。有四百三十一名病患隨機分配，有的每天收到一則簡訊提醒按時治療，有的則每星期收到一則。⑥接下來四十八週，收到每週提醒的病患，達成目標順從率的比例，比未收到任何提醒的病患高出三二%。但天天收到提醒的病患，順從率就未見改善了；他們的順從率和完全未收到提醒的病人不相上下。該研究的作者推測原因可能有二：天天提醒或許讓人感覺打擾，或是訊息太常出現，病患已不再投以關注。

一如我們其他的指引方針，這裡也適用「少即是多」的原則：你迫切需要傳幾次訊息，就傳幾次（需要多久傳一次，就多久傳一次），但不要過多。請對你的讀者有同理心，從他們的角度考慮訊息要呈現什麼模樣。想像如果一家公用事業公司決定把通訊減至每年寄送一次通知書，來提醒顧客在每月一日繳納帳單。多數人（包括我們自己）很可能偶爾忘記準時繳費——每年提醒一次不足以提供有用的指引。再想像如果該公司決定每天都寄信提醒你繳月帳單。你八成會開始忽視這些通知或設法停止接收，然後繼續偶爾忘記繳費。

這些極端的例子有助於你微調策略。站在讀者的立場仔細思考，什麼樣的頻率最能提高你的參與程度。

一致性

在反覆和同一位讀者通訊時，寫作者常懷疑每一則訊息（內容、寄件人和格式）是該維持一致，還是求新求變？答案取決於傳達的訊息類型，不過這裡有些實用的指引可以援用。

在與一家大型開放取用線上課程合作的一項研究中，我們探究了如果每週寄送一封電子郵件，每次都改變主旨比較有效，還是維持不變比較有效？我們發現改變主旨能提高學生打開郵件的可能性。⑦因為這些郵件是純粹傳達資訊，內含課程和計畫的提醒及更新，它們的重要性沒有這麼高。若主旨一成不變，幾星期之後，學生可能就知道忽略這些訊息也沒什麼大礙。基本上，他們會把主旨當成判斷電子郵件是否有用處，要不要花時間細讀的經驗法則。相對來說，若主旨週週變化，學生就得打開訊息才能判定它有多重要了。這或許會浪費他們一點時間，但也可能讓他們接觸到原本可能錯過的切身資訊。

至於比較以行動為導向、讀者會覺得有用的訊息，讓主旨、格式或整體包裝維持一致，可以幫助讀者更快認識到訊息值得花費心思。你有沒有注意到，信用卡公司在你每一次帳單到期時都會傳送非常一致的訊息，不論透過電子郵件或實體信件都是如此？他們每個月基本上會用一模一樣的樣式、格式和信封（如果用郵寄），或一模一樣的主旨和寄件人（如果用電子郵件）。

相反的，政治宣傳就知道讀者不會覺得他們的募款訊息特別重要，因此會時常變換電子郵件的主旨或實體郵件的信封。每一封可能看似迥異，但其實目標完全一樣：懇求捐獻。

一旦釐清你的目標，了解讀者可能如何接收你的訊息，就可以判斷一致和變化哪一個是比較有效的溝通訊息策略了。

使用專業術語時也可以應用六項原則嗎？

寫作者會在許多不同的情境和廣大的讀者交流。我們使用的語言常因目標讀者而異。統計學家若要傳訊給統計學家，或許可以使用數學語言。讀者熟悉這些術語，因此它們可能有助於讓溝通更明確、更簡潔。但其他讀者可能就會覺得那些希臘字母和公式晦澀難解了。

因此，專業術語固然可以用於高效訊息溝通，但寫作者應審慎使用。當你為求簡潔而編輯時，也要檢查自己的語言，確定它符合讀者的需求和期望。了解受眾，是確保你的語言切合需求與期望的最佳途徑。

要是我需要用同一則訊息應付許多不同的受眾，怎麼辦？

不論通訊的對象是一個人或一千萬人，都適用高效訊息溝通的原則。但這些原則的實際應用，可能會視受眾有多廣泛、多元而大不相同。主管、政治人物、醫療專家、團體領袖、大學教務長、宣傳或大眾宣導人員等，通常需要在語言和內容方面同時吸引形形色色的廣大讀者。

就語言的複雜程度而言，這通常代表要使用最大一群讀者最熟悉的文字。如果有位主管領導的團隊包括工程師、行銷專員、設計師，而他傳給整支團隊的訊息用了唯有工程師熟悉的專業術語，這就可能讓其他成員難以親近，甚至產生疏離感。

要吸引不同族群、興趣和需求可能各不相同的讀者，往往需要多加一些文字。市議員可能需要在一次更新動態時面對各界選民（和他們各自的憂慮）。嚴格來說，多加點字違背了「少即是多」原則，可是有時候要達成最重要的寫作目標，「多」仍然有必要。

發訊者該由誰擔當？

訊息由誰傳送和簽名可能大大影響讀者回應的意願。也就是說，相同的資訊由不同的人傳送，可能會對收件人產生不同的效果。多數時候，寫作者是代表自己和人交流，尤其是私人或一對一的訊息。在這些例子中，不需要做選擇，寫作者就是發訊者。但在許多情況下，比如組織最新動態、商品推銷、募款訴求，通訊就可能由不同的發訊者捎來了。

你可曾注意到，競選活動會透過不同的寄件人反覆傳送類似的募款訊息？不同的寄件人會吸引不同讀者關注，所以競選組織這麼做，是希望博取更多人注意、募得更多獻金。競選組織可能會選擇特定受眾熟悉和信任的發訊者。同樣的，廣告商和企業也可能混用不同性別和族群的發訊者，來吸引不同的受眾。

如果有不同的發訊者可選，有幾個特質需要注意。可信度尤其重要：讀者較可能回應自己信任或欣賞的源頭的訊息，並依其指示行動。在一項研究，研究人員幫一封目的在「鼓勵加州低所得民眾確認自身資格和申請所得稅收抵免」的信函變換寄件人。[8]半數收件人收到「特許稅務局」，也就是負責管理和收取稅款的加州州立機構寄來的信。另一半則收到加州非營利組織「金州機會」寄來的信。兩封信都引導收件人上一個網站確認自己是否符合抵免條件。特許稅務局信函收件人瀏覽網站的人數，是金州機會信函收件人的三倍，這或許是因為「特許稅務局」眾所皆知，而且被認為可信度比較高。

專業、熟悉、受到信任的發訊者通常也更容易驅使收件人採取各式各樣的行動，從鼓勵慈善捐款[9]，到告知民眾吸菸風險等[10]。

既然找合適的發訊者這麼費事，或許有人會很想捏造一個虛構的專家來當訊息的寄件人。除了明顯有欺騙讀者的道德問題之外，一旦騙局被拆穿，假冒的專家也可能招致強烈反彈。學生財務公司 LendEDU 就嘗過這樣的苦頭。該公司胡謅了一位「德魯·克勞德」。他被塑造成學生貸款專家，還做了網路專訪。他的言論獲得主要新聞媒體引用，常倡議再融資學生貸款，而 LendEDU 正可從中牟利。二〇一八年，《高等教育紀事報》揭露這個人原來是 LeadEDU 捏造的。那場欺詐至今仍如影隨形，緊跟著該公司。[11]

訊息該何時傳送？

常有人在研討會上問我們，訊息該何時傳送，讀者才最可能回應？這裡也沒有一體適用的答案。上午傳送訊息不見得比晚上來得好，星期一傳訊息也未必優於星期四。話雖如此，仍有一些關於「時機」的指導原則。

在你的讀者最可能有時間、有動力閱讀和回應的時候傳送訊息

最理想的時機可能因群體而異，也會隨時間演變。想像你是老師，需要通知一名忙碌的家長，他（她）的孩子必須完成一項作業，於明日繳交。若訊息在早上傳送，代表家長得使用有限的注意力，在數小時後孩子放學回到家時還記得這件事。如果訊息在下午傳送，家長也許很快就能和孩子討論這件事，減低他們忘記或分心的機會。然而，要是多數家長下午都在工作，忙得沒時間看電子郵件，那上午傳還是比較好，雖然得整天記得這件事情會增加他們的負擔。

現在想想另一種情況：一名員工必須問忙碌的同事一個時效緊迫的問題。一早上班時傳訊息，能給同事一整天的時間想答案；若下班前才傳訊息，就會增加同事隔天早上來上班時忘了回覆的可能性。而且前提是同事會讀到早上傳送的訊息。如果同事是以「後進先出」的方式處理電子郵件，那早上的郵件可能就深埋在整天傳來的其他訊息底下了。

歸根結柢：了解你的目標讀者，是明白何時是「適當」傳訊息時機的最佳途徑。

以行動為導向的訊息，請在接近必須採取行動的時間點傳送

請求行動的通訊，應盡可能在接近需要採取行動的時間點傳送，但也要留給讀者充裕的反應時間。若所得稅在五月三十一日結束申報，你九月就寄提醒信，是不可能產生效果的——等到五月來臨，大多數人早就忘記提醒信了。然而，在五月三十日才提醒隔天申報截止，也可能收不到效果，因為多數人可能需要超過一天的時間才能完成申報作業。你會希望讀者在收到你的訊息時感受到適度的急迫性——聚精會神，但不致恐慌。

電子郵件、網路聊天、簡訊、信函——哪一種才是適合我傳送訊息的媒介？

如今，我們傳送訊息的選項感覺毫無限制，有時多到令人暈頭轉向。不同的通訊方式各有利弊。有些組織明確設立標準，指定員工的溝通方式。每個人也有自己不同的喜好：有人喜歡用電子郵件更新近況，用簡訊安排時程；有人恰恰相反。如有可

能，我們建議直接詢問對方喜歡用哪種方式接收不同類型的資訊。如果不可能直接問，我們建議考量訊息的長度和格式，以及讀者平常的行為，選用最切合訊息目的和讀者需求的媒介。⑫

儘管（或者該說因為）數位通訊在近數十年興起，但以紙本為主的通訊通常仍見成效，特別是被電子郵件和簡訊等數位訊息淹沒的讀者。因為有實體存在，在請求的行動非常費時、必須稍後執行，或者需要多重交錯的步驟時，它們可以充當提醒的實物。我們進行的一項研究發現，在鼓勵大學生參與「Calfresh」（加州食物券計畫）方面，明信片的效果幾乎是電子郵件的兩倍。⑬我們無法實地研究明信片的成效為什麼好這麼多，但有兩個可能的理由：一、可能因為它不像電子郵件這麼常見，比較引人注意。二、可以在讀者的實體世界裡待上一陣子，反覆讓他們看到食物券計畫，直到有時間、有動力報名參加為止。

讓你的通訊方式契合目標讀者也很重要。有些受眾可能沒什麼機會使用科技，有些可能用得不順手，紙本通訊會更為恰當。數位通訊也會對特定人口造成負擔，尤其是需要直接參與或互動的時候。

在一項研究中，研究人員邀請希臘長期弱勢社群的家長透過四種通訊方式為孩子索取免費牙科保健的資訊。[14]用已付郵資的明信片索取資訊的家長，是用電子郵件或電話的十八倍。會出現這種差異，一部分是因為這些家長對親自互動（電話或電子郵件）缺乏自信和效能感。反觀另一些受眾就比較適合用電子郵件或簡訊聯繫，尤其是沒有郵遞地址或可能過時的時候。對許多讀者來說，電子郵件或簡訊還是比印刷的訊息簡單與方便。

還有一點必須注意：每一種訊息溝通方式的成效不只因環境而異，還會隨時間改變。這種變化模式也會影響溝通方式的成效。二〇〇六年進行的研究發現，單單一則提醒人們投票的簡訊，就將投票率提高四%。[15]二〇一〇年，我們進行的研究顯示，一則簡訊將投票率提高一%。[16]到了二〇一七年，簡訊對投票率幾乎毫無影響。[17]顯然，要向選民傳送重要的資訊，簡訊已經沒這麼有效了。

人們對簡訊的反應出現變化，可能和失去新鮮感和數量氾濫關係密切。二〇〇六年，簡訊對多數人還相對新奇，也很少組織發送簡訊。人們會注意到自己收到訊息，並仔細閱讀。今天，各種組織發送簡訊如家常便飯，很多人甚至一天到晚收到垃圾訊息。於是，比起二〇〇六年的民眾，現在多數人可能不大注意不請自來的簡訊了。我們在這本書裡一再強調：讀者願意為訊息付出心力，是有效通訊的第一個成果。隨著

【圖表10-1】

	優點	缺點
聊天平台（例如：Slack、Microsoft Teams）	適合即時協作、時效緊迫的請求（如果找得到人的話）。 適合組織跨主題頻道的訊息。	如果沒有立刻回應，很容易忘記，因此較不適合不需要或不可能立即回應的情況。 可能產生大量的訊息和通知，使讀者不再投入。
簡訊	幾乎可以立刻觸及讀者，如果讀者會注意的話，很適合在可依請求執行行動的時機傳送。	讀取後，人們通常就不會再注意，因此不適合傳達未來取向的行動，或者需要花較長時間、採取多個步驟的行動。
電子郵件	適合記錄往來通訊。 適合提供比簡訊更詳盡的資訊，尤其是需要置入附件時。 若要進行大量傳播，電子郵件相對便宜。 適合引導讀者透過連結查詢線上資料。	若達飽和狀態（信箱滿了），任一則訊息漏掉或太晚讀到的風險就會增加，不管它有多麼重要。
紙本信函	可能成為「社交工藝品」，甚至在通訊結束後留存下來；可以討論和做為實物分享。 如果怕忘記未來要履行的行動，或是行動需要花較長時間、採取多個步驟，紙本信函可能有用。	傳遞速度比數位傳訊類型慢，也比較貴。

數位通訊持續演化，我們可以預見，不管接下來是哪一種傳訊方式變得司空見慣，都會重蹈類似的覆轍。

社群媒體要怎麼寫訊息？

雖然對這個主題的研究尚無定論，我們提出一個或許聽來激進的主張：社群媒體寫作也應遵循和其他應用文寫作形式一樣的原則。前文已經提過，人們比較可能花心思去讀比較好讀的社群媒體貼文。[18] 除此之外，社群媒體寫作同樣也可以從應用其他五項原則中獲益。就算是用簡短的現代格式，高效訊息溝通仍是高效訊息溝通。

不過，在社群媒體，寫作者的**目標**可能不大一樣。臉書、Instagram、TikTok、推特上的貼文，通常不只是要有效傳遞資訊給讀者而已。寫作者多半希望自己的貼文逗趣且值得分享。這可能需要在有嚴格限制的字數裡多增添一點複雜和微妙的巧思。也就是說，社群媒體發文需要平衡有效通訊的原則，以及較不拘形式的個人風格和媒體目標。

我該怎麼在數位訊息裡使用超連結？

數位通訊的好處之一是讓讀者較容易連結其他網路資源。多數寫作軟體會自動幫超連結加底線和變色，助讀者一眼看出可以點選哪裡來搜尋更多資訊，或是採取行動。超連結與其他樣式類似，它有助於博取讀者注意：有些追蹤視線的研究顯示，略讀的讀者停留在超連結的時間比非超連結的文字多。⑲但如果超連結不是訊息裡最重要的資訊，就可能喧賓奪主，一如其他樣式類型，排擠掉其他資訊。

我們合作的一個大型學區寄了一封電子郵件，有好幾段都像這樣：

> 欲知更多資訊和資格項目列表，請見稅務局二〇二一年防災營業稅免稅期納稅人資訊公告。另外提醒您，我們已於二〇二一～二二年學校行事曆中列出優先考慮惡劣天候（颶風）的日子。

我們覺得這個負荷過重的樣式不易閱讀。讀者的目光自然會被吸引到不同顏色的超連結。這可能會讓讀者混淆，到底什麼才是最重要的。因為超連結在這裡似乎不是最重要的資訊，盡量減少連結強調的字數會有幫助：

> 欲知更多資訊和資格項目列表，請見稅務局二〇二一年防災營業稅免稅期納稅人資訊公告。另外提醒您，我們已於二〇二一～二二年學校行事曆中列出優先考慮惡劣天候（颶風）的日子。

精簡對使用聽覺閱讀工具來理解電子郵件的讀者尤其重要。這類工具一般會強調與連結有關的文字。盡可能減少連結字數，同時讓超連結文字保有某種意義的做法，可造福每一個人，尤其是有視覺障礙，或其他仰賴聽覺閱讀工具的人。

用諷刺、幽默或表情符號是恰當的嗎？

幽默和諷刺很冒險，因為讀者很容易誤解。閱讀時，讀者見不到寫作者的表情，聽不到他的語調，也沒有接觸到其他傳達言外之意的隱晦之處。就算寫作者以為自己明顯是在挖苦，讀者仍多半搞不清楚。

有一項研究透露了真相：受試者被要求寫一段意在嘲諷的訊息，然後預測有多少比例的讀者看得出他們是在嘲諷。寫作者預測七八%。事實上，看出文字語帶譏諷的讀者不超過一半。[20]

表情符號也可能導致同樣出乎意料的困惑，特別是讀者橫跨不同年齡層時。[21]笑臉多半會被較年長的讀者詮釋為真誠的正面表態，較年輕的讀者卻常解釋為要人領情或被動式攻擊。[22]

不同表情符號的意義也會隨時間改變，讓我們更難確知何時及如何使用才恰當。如果你明白受眾的標準和期望，表情符號可能有助傳達情感或幽默。

隨著表情符號愈來愈豐富多樣，它們也愈來愈常被拿來表達嚴肅的概念。舉例來說，二〇二三年二月，一位法官裁定，有些表情符號具有金融和法律方面的重要性，因為它們的意義明確無疑（至少就現在而言）。法官寫道：🚀、📈和💰「客觀上指同一件事：投資報酬率」。[23]表情符號會不會繼續演化、承擔嚴肅的內涵和意義，仍有待觀察。但現在，寫作者若要在重要的寫作中使用表情符號，仍應戒慎恐懼，因為表情符號就是有各種可能的詮釋。

希望讀者認為自己好笑或沒那麼嚴肅，常是寫作者抱持的目標。如果這是你的目標，請努力爭取（也祝你好運😉）。但你可能需要發出強烈的信號來暗示自己想搞笑——比你認為必要的更強烈。[24]明說你在諷刺可能會削弱一些幽默，但也可能減輕誤解和困惑。

什麼時候該用圖取代文字？

俗話說得好：一圖勝千言——但那千言可能不是你想傳達的千言。如果把文字轉換成圖像可以節省讀者的時間，又能滿足我們身為寫作者的需求，那改用圖就合理。但如果圖像反而平添複雜，徒使讀者迷惑或分心，那用圖可能就非明智之舉。

有時加入圖像純粹是為了美學因素。這或許是吸引讀者投入，或是讓讀者認定你具備專業的實用策略，只要圖像不會分散或不必要地消耗讀者的注意力就沒問題。如果你想要為了視覺吸引力納入圖形元素，如我們在第6章討論過的，你或許也可以考慮圖表，或者其他可能更有效傳達你核心訊息的設計元素。

11

我們的措辭，代表我們自己

雖然我們希望所有寫作者能被平等看待，但這並不是我們這個世界的運行之道。讀者對於哪一類的人**該用**哪種方式交流抱有期望，對於哪一類的人**使用**哪種交流抱持偏見、有預設立場。他們會馬上依據一則訊息寫得如何來論斷溝通者——從詞語的選擇到語法，到整體的結構和語氣。同樣是只寫一行的電子郵件，有些寄件人可能被認為粗魯無禮，換成別人就完全可以接受。

對於性別、種族、族群和社會地位的刻板印象，已闖入我們所做的一切。寫作也難以倖免。同樣的刻板印象也影響了讀者如何看待來自不同群體，特別是「非我族類」的訊息。讀者看待來自女性、少數民族或族群，或是低地位民眾的訊息，可能就和看待男人、白人、高地位民眾的訊息不同。而讀者對一個人的感覺，就可能影響此人傳遞訊息的成效，也使我們在本書介紹的所有原則更添複雜。

一個純屬軼事但大家耳熟能詳的故事是這麼說的：兩位專業編輯——一男一女——交換電子郵件簽名檔（因此也交換了被認知的性別）一星期來跟客戶聯絡。[1]女性編輯發現，當她使用男同事的簽名檔時，客戶比較聽得進去她講的話，也比較認真看待她。反觀男編輯在用了女同事的簽名後，發現客戶對他的建議提出的質疑比他習慣的多，也表現得比較目中無人。

在美國進行的隨機實驗一再顯示，讀者會對他們認知為女性或少數族群的寫作者抱持偏見。比如他們收到一封電子郵件，如果相信寄件者是白人，他們回覆的可能性會比相信寄件者是黑人來得高。無論一般大眾[2]、大學教授[3]、州議員[4]和公共服務提供者（如學區、地方圖書館、縣政府公務員）[5]都是如此。同樣的，研究發現，大學教職員認為，應徵初等研究職位的男性比女性更有能力、更值得聘用。[6]

寫作者的身分通常也會影響他們使用的語言，這或許是因為寫作者明白讀者對他們的認知會影響接受訊息的方式。地位較低的寫作者寫給地位較高的讀者時，多半會寫較長的訊息、內含相對少的直接請求，地位較高的寫作者則恰恰相反。[7]相較於男性，女性比較可能在書寫時運用溫暖的信號，例如：驚嘆號[8]、致歉[9]，以及限定性敘述如「我想」「我感覺」等[10]。但女性寫作者指出，如果她們透過「像男性那樣寫電子郵件」平衡時，又容易被認為「太冰冷」或「侵略性太強」。[11]寫作者若出自背負刻板印象的群體，就會面臨這樣的兩難。

塑造寫作者的身分

對於自己的外在身分，我們能掌控的有限，也無法憑一己之力改變社會對我們的基本看法。只能努力了解讀者可能如何感受我們的文字（以及我們自己），以及這種感受會如何影響我們身為寫作者的目標。額外付出這種專注並不公平，因為這些重擔絕大部分落在弱勢族群身上。這也需要吉凶未卜的平衡行動。我們不希望因為遷就負面的刻板印象，讓它永遠存在下去。同時，也想幫助所有類型、所有背景的寫作者有效書寫——而實際上，要做到這一點，就必須在寫作時，意識到他人會如何根據對我們的觀感來接收我們的訊息。

在寫下任何訊息之前，寫作者必須決定他們的整體風格和語氣。通常，你可以參考特定背景的常規做為指引。募款信、報告公司財務績效的辦公室備忘錄等，沒有給個人太多調整的空間。但在日常的訊息溝通中，我們通常就有各式各樣的選項了。

你該寄正式的黑白信件，還是非正式的彩色明信片呢？你要用「嗨，朋友！」，還是「敬啟者」問候讀者呢？這些決定取決於你的專業（或非專業）環境，但也取決於你被認定的身分。讀者向來會從語言和設計方面觀察訊息風格，以此推斷作者是否討喜、是否可信、有多相關，以及有何目的。

舉例來說，已有研究發現，讀者比較可能回應用相對正式語言寫成的政府通訊，部分原因是正式在公部門背景是可以信賴的訊號。⑫另一項研究發現，政治人物若在社群媒體使用較不正式的語言，會被視為較不可靠，因為這種風格違背了民眾對政治人物言談的期望。⑬民眾同樣較不可能信任他們不熟悉、而且在社群媒體使用非正式通訊的消費品牌，因為這不符公司言行的常規——不過，一如所有規範，這些規範似乎也在演變。⑭如果再把個人身分加進等式，比如職位較低的人和職位較高的人發送的訊息，要考量的因素又更複雜了。

一般來說，如果讀者期望寫作者使用正式的訊息溝通風格，這種風格就會運作得比較好。但在某些背景和場合下，不正式的風格可能比較適當而有效，正式的風格甚至可能看來有欠允當。比方說，寫過度拘謹的電子郵件給親近的同事或朋友，對方就可能認為你莫名其妙或唐突失禮。但寫過度不正式的電子郵件給當權者，**同樣**可能被視為無禮。在這兩個例子，讀者可能會因為訊息溝通風格象徵的意義，而斷了回應的念頭。

一如正式與非正式的考量，溫暖和簡潔的取捨也是許多寫作者熟悉的難題。我們常納入與自己最初目標無關的內容，只為了讓訊息更親切、更有禮——在專業及個人通訊上都備受重視的特徵。想想以這句話起頭的電子郵件：「願你一切順利！」從「少即是多」的觀念來看，這樣的問候可能看似多餘，卻是人際互動的重要環節。砍掉訊息裡所有無關的內容，會有被對方視為具侵略性或粗魯的風險，反而降低吸引讀者投入的機會。

在精確與個性之間取得適當的平衡，對女性、少數民族或族群，社經地位或職位較低的寫作者尤其重要。權力、地位、種族、性別和其他背負刻板印象的身分，可能影響讀者對寫作者的期望，尤其是希望他們傳達的溫暖。許多這類寫作者可能發現，用溫暖、溫文有禮的語言「多」寫一點，就算會稍微犧牲一點簡潔，仍有助於達成目標。話雖如此，「少即是多」的原則仍一如以往適切，只是化為另一種形式，反映我們正在寫作的世界罷了。在訊息開頭加一句溫暖、個性化的問候，可能有助於吸引讀者、緩衝有害的期望。若是寫兩段個人前言，就可能招致反效果，失去讀者，甚至有損你在讀者心目中的形象了。

了解讀者的期望和標準，對於選擇適當、有效的通訊風格至關重要。但有時我們就是需要掌控原則，或拒絕屈服於讀者的期望。一位寫作者就算出自名義地位較高的政府職務，仍可能由於種族、性別或其他身分面向的緣故，被認為地位低下。在這種情況下，寫作者就無需刻意迎合讀者期望見到溫情洋溢或形式拘謹的可能性了。社會規範與期望之所以在過去一、二十年發生劇烈變化，部分正是因為民眾（包括寫作者）以實際行動拒絕向社會文化的期望低頭。

我們很清楚，身為本書的作者，我們是從優越的位置書寫的。我們在地位崇高的大學任教，因此，我們的寫作常被假定為優良。但高效訊息溝通的原則不只是我們主觀的個人觀察。它們是經過廣泛研究、分析和測試的訊息溝通策略。它們根植於人性的普遍現象：心智的注意力有限、心智會套用經驗法則、忙人的行為模式，以及我們透過文字訊息傳遞和接收資訊的方式。

雖然我們無法了解你的特殊背景、動力和背景，但不論你的身分和處境有多特別，高效訊息溝通原則終究派得上用場。這些原則能幫助你在自己的限制範圍內做出最理想的發揮。在其他條件相同下，少用一點文字比多用好。讀者回應要花的心力，也是愈少愈好。最重要的是，讓讀者更容易閱讀，比讓讀者更難閱讀好。但因為讀者對寫作者的認知，會因寫作者的身分而異，在不同背景、不同作家身上，這些原則的實際應用也可能呈現不同面貌。了解讀者的刻板印象，就算這有失公正，也對高效訊息溝通至關重要。

測謊

還有一個身分的面向是我們尚未處理的，因為它深深隱含在前文所有原則的討論中：誠實。高效訊息溝通的原則全是以這個假設為基礎：你、寫作者，真心想被理解。我們理所當然地認定，寫作者的既定目標和寫作者的實際目標一致。但在現實世界，這樣的假設不見得正確。

在有些狀況中，寫作者的目標反倒不是讓讀者理解。有些寫作者目的在混淆、掩蓋和隱藏他們必須披露又不願披露的資訊。實證證據顯示，公司在向投資人揭露執行長總薪酬和其他重大財務事項時會寫得比較含糊⑮，科學家在其研究造假時也會寫得比較複雜。⑯有時寫作者是支領酬勞，代表企業、政客、政府、倡議團體和其他組織散播誤導人的概念和徹頭徹尾的謊言。雖然宣傳和假消息絕非現代才有的發明，但這樣的寫作者在社群媒體上十分常見，令人頭痛。

我們沒辦法為一些就是不想把話講清楚的寫作者提供指引。這與我們這本書的初衷背道而馳，也悍然違背了更全面的道德傳播原則。不過我們倒是可以給讀者一些指引：當你遇到看似刻意複雜的訊息時，請小心，請留意。多數時候這可能只是顯示寫作者不明白如何有效傳達訊息。但有時候，含糊不清的文字是在掩蓋一則訊息可能包含這件最重要的事實：寫作者有事隱瞞。

12 接下來呢？

本書最大的目標是：讓高效訊息溝通的原則成為你平常寫作過程習慣成自然的一部分。任何需要大量注意力的事物都很傷神；人天生都想避免或拖延困難的工作。但只要勤加練習，高效訊息溝通會變得愈來愈容易。不妨把它想成學唱歌、打字或開車。一開始，這些事看似極為吃力，需要你完全聚精會神。但它們會變得愈來愈熟悉，最後你還可以一邊做其他事情，比如在馳騁公路時接聽手機，或一面打報告，一面聽音樂。

毫無疑問的，要學會高效訊息溝通，需要前期投資——但這筆投資會在許多方面帶來報酬。綜觀本書，我們著眼於高效訊息溝通對讀者的好處，但也提到許多寫作者受惠的例子。這點值得再三強調：高效訊息溝通不是一種造福讀者的利他形式，雖然它確實會使讀者的人生更輕鬆。它其實更是一種讓寫作者能夠釐清和精煉自身目標的

【圖表12-1】

方法，也能提高實現這些目標的可能性。

無效訊息溝通造成的溝通不良，可能傷害友誼，也可能毀了你的工作機會，尤其如果你從事需要和大眾打交道的行業，或是你得時常透過文字和同事互動。在極端的例子，比如二〇〇〇年美國總統大選，它甚至可能徹底翻轉歷史進程。它也剝奪了你身為人類最美好、最神奇的一種本領：把思想從你的腦袋轉移到別人的腦袋。

一旦你運用了高效訊息溝通的力量，它的好處會遍及各個層面。沒錯，讓你的同事回答辦公室的意見調查，或是安排跟朋友餐敘的時間，是它的用處。但正如我們已經看到的，它也能幫助學生擺脫債務，或者確保病人按時就診。高效訊息溝通也可能活潑生動——洋溢著幽默、同理、情感、風格和洞察力。在最宏大的層面上，它還能應用於生命最重要的事物：促進對正義和繁榮的追求、引領家長度過艱難處境、為悲傷的人們捎來饒富意義的安慰與支持的訊息。

雖然以目標為導向的寫作原則恆久不變，也和寫作過程本身一樣古老，但這些原則的應用方式一直在演化。首先，高效訊息溝通會受傳播媒介影響。二十年前，社群媒體還是新鮮、令人興奮的媒介。三十年前，文字簡訊也是這樣。四十年前，電子郵件亦如是。另外，在一定程度上，高效訊息溝通也受到文化和社會規範變遷的影響。世人對種族、性別和其他個人身分面向的態度，轉變得幾乎和科技一樣快。隨著技術和社會持續演化，寫作也必然跟著轉變。

我們不是技術專家，當然也無法洞悉未來，因此我們不會試圖預測再一個四十年後，日常應用文寫作會變成什麼樣子。但這麼說應該不為過：每一次科技變革都會帶來新的訊息溝通方式，而每一種方式都會帶來新的規範、新的機會和挑戰。我們也可以很有信心地預測，讀者會一如以往，繼續有太短的時間和太少的注意力。因此，讓讀者容易閱讀的高效訊息溝通，仍有迫切的需求。在我們撰寫這本書的同時，像ChatGPT之類的大型語言模型人工智慧（以下簡稱LLM AI）聊天機器人已有爆炸性發展，迅速蔚為主流。經過訓練，這些工具可以分析和模仿真人的書寫方式。它們在條理分明地組織文章方面，已經變得非常成熟，甚至可以取信讀者，LLM AI的寫作是有意識的。

這樣的聊天機器人說不定能帶給寫作者莫大的幫助，例如：從標記列表生出初稿、修潤完稿，或是早早提供建議，助寫作者度過面對空白螢幕不知如何下手的痛苦期。但正如我們在本書一再強調的，高效訊息溝通必須顧及人們的**閱讀**方式，以及所有不斷變遷、會影響閱讀過程的背景和期望。LLM AI聊天機器人尚未訓練成能兼顧這些額外的洞察（也許有一天可以！）。此時此刻，寫作者仍得靠自己的功力來將他們的目標化為給忙碌讀者閱讀的高效訊息溝通。

我們在本書開門見山地說，如果忙碌的讀者沒有理解我們寫作的內容就掉頭離開，是我們的錯。我們可以坐等讀者密切注意我們寫的一切，也可以接受主動滿足讀者的需求是我們身為寫作者的職責。要滿足讀者的需求，就得從讀者的觀點重新檢討我們的寫作。如果你讀完這本書沒有其他收穫，我們仍希望你在每一次下筆時起碼記得問自己：「我要怎麼讓讀者更容易讀？」我們保證，光問這一句就對你和讀者大有幫助。而某種程度上——或許很小，但也可能很大——它會有助於讓世界成為更和善、更易理解、更有生產力、人際連結更緊密的地方。

檢核表

高效訊息溝通

六大原則

1 **少即是多**

1. 少用一點字
2. 概念少一點
3. 請求少一點

2 **易讀至上**

1. 用短且常見的詞語
2. 寫平鋪直敘的句子
3. 句子寫短一點

3 **輕鬆導航設計**

1. 讓關鍵資訊一眼可見
2. 把不同的概念分開
3. 把相關概念擺在一起
4. 照優先順序排列概念
5. 加上小標題
6. 考慮使用圖示

4 **善用樣式，但過猶不及**

1. 要符合讀者預期
2. 最重要的概念加上 醒目提示 、**粗體** 或 底線
3. 過猶不及

5 **告訴讀者為什麼該在意**

1. 強調讀者重視的事物（「那又怎樣？」）
2. 強調哪些讀者該在意（「為什麼是我？」）

6 **讓讀者容易回應**

1. 簡化行動步驟
2. 統整行動所需的關鍵資訊
3. 將所需注意力減至最低

附錄

詞語與替代用詞

你或許會喜歡我們在自己網站上推薦的常見詞語及簡潔替代用語表，請至：https://writingforbusyreaders.com/resources/

致謝

雖然「少即是多」是高效訊息溝通的宗旨，但寫到成就一本書的過程，就多多益善了。這一路上，我們的啟蒙恩師、同事、學生、朋友和家人持續幫助我們。對此我們深懷感激，有了他們，為忙碌讀者寫作的科學獲益無窮。

感謝下列人士的耐性、鼓勵、構想和啟發——也謝謝其他許多人和我們分享想法和時間。這本書的所有智慧都是你們所賜。所有錯誤都是我們所為。

感謝家人和朋友：Sara Dadkhah、Caroline Rogers、Fletcher Rogers、Ami Parekh、Andy Kucer、Brian Kucer、Chris Koegel、Emily Bailard、Kirk Allen、Matt Wessler、Nat Bessey、Sharon Wong、Ted Satterthwaite、Wil Harkey。

感謝恩師、同事和共同研究者：Allison Brooks、Angela Duckworth、Arielle Keller、Bobette Gorden、Carly Robinson、Carmen Nobel、Cass Sunstein、Chris

Mann、Danny Oppenheimer、Dave Markowitz、Dave Nussbaum、David Nickerson、Dolly Chugh、Elizabeth Linos、Evan Nesterak、Hedy Chang、Hillary Shulman、Hunter Gehlbach、Jeff Seglin、Julia Minson、Katy Milkman、Lauren Keane、Leslie John、Max Bazerman、Mike Norton、Nancy Gibbs、Nick Epley、Robert Cialdini、Ros Atkins、Sendhil Mullainathan、Sharad Goel、Sidney D'Mello、Taylor Woods-Gauthier、Zak Tormala，以及我們所有優秀的學生及合作組織。

感謝幫助我們將朦朧概念化為可行文章的傑出專家：Abigail Koons、Alexis Burgess、Celeste Fine、Corey Powell、Harsh Vardhan Sahni、John Maas、Kelly Yun。

最後，感謝 Dutton 團隊：Grace Layer、Stephen Morrow、Tiffany Estreicher、Alice Dalrymple。謝謝你們為這項計畫貢獻心力，謝謝你們在過程中常保耐心。

參考文獻

前言　讓忙碌的人願意閱讀和回應的訊息溝通科學

1. Bobby Allyn, "They Ignored or Deleted the Email from Airbnb. It Was a $15,000 Mistake," npr.org, December 12, 2020, https://www.npr.org/2020/12/12/945871818/they-ignored-or-deleted-the-email-from-airbnb-it-was-a-15-000-mistake.
2. Michael Chui, James Manyika, Jacques Bughin, Richard Dobbs, Charles Roxburgh, Hugo Sarrazin, Geoffrey Sands, and Magdalena Westergren, *The Social Economy: Unlocking Value and Productivity through Social Technologies* (n.p.: McKinsey Global Institute, 2012).
3. 在美國，依據《公民投票法》，某些州的公民可以直接對新法案和憲法修正案進行投票。
4. Shauna Reilly and Sean Richey, "Ballot question readability and roll-off: The impact of language complexity," *Political Research Quarterly* 64, no. 1 (2011): 59–67.

第 1 章　進入讀者的腦

1. "Why Is Everyone So Busy?" *Economist*, December 20, 2014, https://www.economist.com/christmas-specials/2014/12/20/why-is-everyone-so-busy.
2. Alina Tugend, "Too Busy to Notice You're Too Busy," *New York Times*, March 31, 2007, https://www.nytimes.com/2007/03/31/business/31shortcuts.html.
3. Kira M. Newman, "Why You Never Seem to Have Enough Time," *Washington Post*, March 25, 2019, https://www.washingtonpost.com/lifestyle/2019/03/25/why-you-never-seem-have-enough-time/.
4. Patrick Van Kessel, "How Americans Feel about the Satisfactions and Stresses of Modern Life," Pew Research Center, February 5, 2020, https://www.pewresearch.org/fact-

tank/2020/02/05/how-americans-feel-about-the-satisfactions-and-stresses-of-modern-life/.
5. 調查對象是修一門高級管理教育課程的學生，2021 年 2 月，N = 160。
6. George A. Miller, "The magical number seven, plus or minus two: Some limits on our capacity for processing information," *Psychological Review* 63, no. 2 (1956): 81.
7. Jon Hamilton, "Multitasking in the Car: Just Like Drunken Driving," npr.org, October 16, 2008, https://www.npr.org/2008/10/16/95702512/multitasking-in-the-car-just-like-drunken-driving?storyId=95702512.
8. 我們給「注意力」下的定義比學術研究常用的寬廣。說得更明確些，我們用「注意力」來表示一種可以在不連續的時刻輸送，以便察覺、指引和聚焦的心智活動。我們在此定義納入的一些心智活動要素，負責處理記憶、專注、定向和執行等功能。欲探究學者如何看待注意力，以及針對各種注意力類型的研究，請參閱 Steven E. Petersen和Michael I. Posner, "The attention system of the human brain: 20 years after", *Annual Review of Neuroscience* 35 (2012): 73。
9. L. Payne and R. Sekuler, "The importance of ignoring: Alpha oscillations protect selectivity," *Current Directions in Psychological Science* 23, no. 3 (2014): 171–77.
10. Jeremy M. Wolfe and Todd S. Horowitz, "Five factors that guide attention in visual search," *Nature Human Behaviour* 1, no. 3 (2017): 1–8, https://www.nature.com/articles/s41562-017-0058.
11. https://www.ikon-images.com/stock-photo-busy-iconic-london-scene-illustration-image00023061.html.
12. Benjamin R. Stephens and Martin S. Banks, "Contrast discrimination in human infants," *Journal of Experimental Psychology: Human Perception and Performance* 13, no. 4 (1987): 558.
13. Wolf M. Harmening and Hermann Wagner, "From optics to attention: Visual perception in barn owls," *Journal of Comparative Physiology A* 197, no. 11 (2011): 1031–42.
14. Naotsugu Tsuchiya and Christof Koch, "Continuous flash suppression reduces negative afterimages," *Nature Neuroscience* 8, no. 8 (2005): 1096–101; Raymond M. Klein, "Inhibition of return," *Trends in Cognitive Sciences* 4, no. 4 (2000): 138–47; Daniel J. Simons and Christopher F. Chabris, "Gorillas in our midst: Sustained inattentional blindness for dynamic events," *Perception* 28, no. 9 (1999): 1059–74;Heather Berlin and Christof A. Koch, "Defense Mechanisms: Neuroscience Meets Psychoanalysis," *Scientific American,* April 1, 2009, https://www.scientificamerican.com/article/neuroscience-meets-psychoanalysis.
15. A. MacKay- Brandt, "Focused attention," *Encyclopedia of Clinical Neuropsychology*, eds. J.

S. Kreutzer, J. DeLuca, and B. Caplan (New York: Springer, 2011): 1066–67.
16. Simons and Chabris, "Gorillas in our midst."
17. Brandon J. Schmeichel, Kathleen D. Vohs, and Roy F. Baumeister, "Intellectual performance and ego depletion: Role of the self in logical reasoning and other information processing," cited in *Self-Regulation and Self-Control*, by Roy F. Baumeister (Abingdon, UK: Routledge, 2018), 310–39.
18. William D. S. Killgore, "Effects of sleep deprivation on cognition," *Progress in Brain Research* 185 (2010): 105–29.
19. Filip Skala and Erika Zemkova, "Effects of acute fatigue on cognitive performance in team sport players: Does it change the way they perform? A scoping review," *Applied Sciences* 12, no. 3 (2022): 1736.
20. Caitlin Mills, Julie Gregg, Robert Bixler, and Sidney K. D'Mello, "Eye-mind reader: An intelligent reading interface that promotes long-term comprehension by detecting and responding to mind wandering," *Human–Computer Interaction* 36, no. 4 (2021): 306–32; Shi Feng, Sidney D'Mello, and Arthur C. Graesser, "Mind wandering while reading easy and difficult texts," *Psychonomic Bulletin & Review* 20, no. 3 (2013): 586–92; D. M. Bunce, E. A. Flens, and K. Y. Neiles, "How long can students pay attention in class? A study of student attention decline using clickers," *Journal of Chemical Education* 87, no. 12 (2010): 1438–43.
21. Gloria Mark, Victor M. Gonzalez, and Justin Harris, "No task left behind? Examining the nature of fragmented work," in *Proceedings of the SIGCHI Conference on Human Factors in Computing Systems* (New York: Association for Computing Machinery, 2005), 321–30; Jennifer Robison, "Too Many Interruptions at Work?" *Gallup Business Journal*, June 8, 2006.
22. Bob Sullivan and Hugh Thompson, "Brain, Interrupted," *New York Times*, May 3, 2013, https://www.nytimes.com/2013/05/05/opinion/sunday/a-focus-on-distraction.html.
23. Publilius Syrus, *The Moral Sayings of Publius Syrus, a Roman Slave*, trans. D. Lyman (Cleveland: L. E. Barnard, 1856).
24. 有些證據顯示，當代環境正使我們更善於同時將專注力分配給兩項任務。儘管如此，同時做兩件以上的事情，仍會降低我們做其中每一件事的能力，不如我們一次全心投入一件事情。這個主題更詳細周到的評論、冥想和指引，請參閱卡爾・紐波特的《深度工作力》。
25. Kevin Collins, "Why You Shouldn't Multitask and What You Can Do Instead," *Forbes*, July 15, 2021, https://www.forbes.com/sites/forbestechcouncil/2021/07/15/why-you-shouldnt-

multitask-and-what-you-can-do-instead/?sh=4f2afebdd01b.

26. 網路調查在 MTurk 進行，2022 年 2 月，N = 1,808。

27. 我們用「史楚普效應」來闡明同時面臨兩項認知任務時，注意力有多難管理，不過我們也要指出，注意力研究人員更常用這種效應來闡述選擇性引導注意力有多難。兩種認知挑戰，史楚普效應都是很好的例證。

28. Stephanie Enz, Amanda C. G. Hall, and Kathryn Keirn Williams, "The myth of multitasking and what it means for future pharmacists," *American Journal of Pharmaceutical Education* 85, no. 10 (2021).

29. "Distracted Driving," National Highway Traffic Safety Administration, n.d., https://www.nhtsa.gov/risky-driving/distracted-driving.

30. Les Masterson, "Distracted Driving Survey 2021: Drivers Confess to Bad Behavior," insurance.com, August 8, 2021,https://www.insurance.com/auto-insurance/distracted-driving.

第 2 章　像忙碌的讀者那樣思考

1. 網路調查在 MTurk 進行，2022 年 2 月，N = 1,808。

2. Jessica Lasky-Fink and Todd Rogers, "Signals of value drive engagement with multi-round information interventions," *PLOS ONE* 17, no. 10 (2022): e0276072.

3. Katherine L. Milkman, Todd Rogers, and Max H. Bazerman, "Highbrow films gather dust: Time-inconsistent preferences and online DVD rentals,"*Management Science* 55, no. 6 (2009): 1047–59.

4. Matthew Healey and Robyn LeBoeuf, "How Incentives Help Us Do Hard Things," n.d., https://sjdm.org/presentations/2020-Poster-Healey-Patrick-Difficulty-Task-Goals~.pdf; also, Susan C. Wilkinson, Will Reader, and Stephen J. Payne, "Adaptive browsing: Sensitivity to time pressure and task difficulty," *International Journal of Human-Computer Studies* 70, no. 1 (2012): 14–25.

5. Zohar Rusou, Moty Amar, and Shahar Ayal, "The psychology of task management: The smaller tasks trap,"*Judgment and Decision Making* 15, no. 4 (2020): 586.

6. 網路調查在 MTurk 進行，2022 年 2 月，N = 452。

7. 網路調查在 MTurk 進行，2022 年 2 月，N = 450。

8. Samuel M. McClure, Keith M. Ericson, David I. Laibson, George Loewenstein, and Jonathan D. Cohen, "Time discounting for primary rewards," *Journal of Neuroscience* 27,

no. 21 (2007): 5796–804; Samuel M. McClure, David I. Laibson, George Loewenstein, and Jonathan D. Cohen, "Separate neural systems value immediate and delayed monetary rewards," *Science* 306, no. 5695 (2004): 503–7.

9. 關於老鼠，請參考 John Bascom Wolfe, "The effect of delayed reward upon learning in the white rat," Journal of Comparative Psychology 17, no. 1 (1934): 1。關於鳥類，請參考 G. W. Ainslie, "Impulse control in pigeons," Journal of the Experimental Analysis of Behavior 21, no. 3 (1974): 485–89; Howard Rachlin and Leonard Green, "Commitment, choice and self- control," *Journal of the Experimental Analysis of Behavior* 17, no. 1 (1972): 15–22。關於學童，請參考 Levon Melikian, "Preference for delayed reinforcement: An experimental study among Palestinian Arab refugee children," *Journal of Social Psychology* 50, no. 1 (1959): 81–86; Joan Grusec and Walter Mischel, "Model's characteristics as determinants of social learning," *Journal of Personality and Social Psychology* 4, no. 2 (1966): 211; Richard T. Walls and Tennie S. Smith, "Development of preference for delayed reinforcement in disadvantaged children," *Journal of Educational Psychology* 61, no. 2 (1970): 118。關於黑猩猩，請參考 Roger T. Kelleher, "Conditioned reinforcement in chimpanzees," *Journal of Comparative and Physiological Psychology* 50, no. 6 (1957): 571。
10. 2022 年 12 月舉辦的高階主管教育營。有大約 150 名與會人士接受意見調查。
11. K. Rayner and M. Castelhano, "Eye movements," *Scholarpedia* 2, no. 10 (2007): 3649.
12. 網路調查在 MTurk 進行，2022 年 2 月，N = 903。
13. Jukka Hyona and Robert F. Lorch, "Effects of topic headings on text processing: Evidence from adult readers' eye fixation patterns," *Learning and Instruction* 14, no. 2 (2004): 131–52; Guy M. Whipple and Josephine N. Curtis, "Preliminary investigation of skimming in reading," *Journal of Educational Psychology* 8, no. 6 (1917): 333.
14. Kara Pernice, "Text Scanning Patterns: Eyetracking Evidence," Nielsen Norman Group, August, 25, 2019, http://nngroup.com/articles/text-scanning-patterns-eyetracking.

第 3 章　明白你的目標

1. Adam Grant (@AdamMGrant), Twitter post, July 24, 2022, 10:10 a.m., https://twitter.com/adammgrant/status/1551208238581948416?lang=en.

第4章　原則（一）：少即是多

1. Marc Brysbaert, "How many words do we read per minute? A review and meta-analysis of reading rate," *Journal of Memory and Language* 109 (2019): 104047.
2. "Section: Blaise Pascal" in *The Yale Book of Quotations*, Fred R. Shapiro, ed., (New Haven: Yale University Press, 2006), 583.
3. G. S. Adams, B. A. Converse, A. H. Hales, and L. E. Klotz, "People systematically overlook subtractive changes," *Nature* 592, no. 7853 (2021): 258–61.
4. Katelyn Stenger, Clara Na, and Leidy Klotz, "Less is more? In patents, design transformations that add occur more often than those that subtract," in *Design Computing and Cognition'20*, ed. John S. Gero (Cham, Switzerland: Springer, 2022), 283–95; Leidy Klotz, *Subtract: The Untapped Science of Less* (New York: Flatiron Books, 2021).
5. 調查在一場專業人士訓練期間進行，受訓學員都任職於一個大型非營利組織。2022年12月，N = 166。
6. 網路調查在2020年8月進行，對象是 12,230 名學校董事。實驗包括三種實驗條件。這裡僅舉出兩個（N = 7,002）。樣本排除自動退回的電子郵件。
7. 網路調查在 MTurk 進行，2021 年 2 月，N = 493。
8. Noah D. Forrin, Caitlin Mills, Sidney K. D'Mello, Evan F. Risko, Daniel Smilek, and Paul Seli, "TL;DR: Longer sections of text increase rates of unintentional mind-wandering," *Journal of Experimental Education* 89, no. 2 (2021): 278–90.
9. Arthur Quiller- Couch, *On the Art of Writing*, vol. 10 (Cambridge, UK: Cambridge University Press, 1916).
10. "Her Time," *Time*, September 14, 2017, https://time.com/4941028/her-time-nancy-gibbs-editor/.
11. 我們在四場實地實驗測試了短訊息和長訊息，包括電子郵件和文字簡訊。在後續網路研究，我們向網路調查參與者出示實地實驗中的訊息，請他們預測是短訊息還是長訊息能更有效地促使收件人採取被要求的行動。在每一個例子，調查參與者大多預測長訊息比較有效——結果絕大多數參與者卻做了錯誤的預測。
12. William Strunk Jr. and E. B. White, *The Elements of Style (Illustrated)* (New York: Penguin, 2007).
13. 研究與「記者資源」共同進行，2021 年 8 月，N = 50,244。
14. Sinan Aral, Erik Brynjolfsson, and Marshall W. Van Alstyne, "Harnessing the digital lens to measure and manage information work," November 16, 2010, SSRN, https://ssrn.com/abstract=1709943.

15. 我們向 2023 年 1 月參加高階主管教育計畫的41位專業人士出示這兩個訊息，有 59% 認為**冗長版**「句子與句子間的連貫」比**精簡版**來得「順暢。」
16. T. M. Andrews, R. Kline, Y. Krupnikov, and J. B. Ryan, "Too many ways to help: How to promote climate change mitigation behaviors," *Journal of Environmental Psychology* 81 (2022): 101806.
17. Lester R. Lusher, Winnie Yang, and Scott E. Carrell, "Congestion on the Information Superhighway: Does Economics Have a Working Papers Problem?" National Bureau of Economic Research, Working Paper No. 29153, August 2021.

第 5 章　原則（二）：易讀至上

1. William H. DuBay, "The Principles of Readability," Impact Information, 2004, https://files.eric.ed.gov/fulltext/ED490073.pdf.
2. Christopher R. Trudeau, "The public speaks: An empirical study of legal communication," *Scribes Journal of Legal Writing* 14 (2011): 121.
3. Matthew S. Schwartz, "When Not Reading the Fine Print Can Cost Your Soul," npr.org, March 8, 2019, https://www.npr.org/2019/03/08/701417140/when-not-reading-the-fine-print-can-cost-your-soul.
4. Catharine Smith, "7,500 Online Shoppers Accidentally Sold Their Souls to GameStation," *HuffPost*, May 25, 2011, https://www.huffpost.com/entry/gamestation-grabs-souls-o_n_541549. Accessed March 18, 2023.
5. Ruth Parker, "Health literacy: A challenge for American patients and their health care providers," *Health Promotion International* 15, no. 4 (2000): 277–83.
6. Joseph Kimble, "Writing for dollars, writing to please," *Scribes Journal of Legal Writing* 6 (1996): 1.
7. Jill Diane Wright, "The effect of reduced readability text materials on comprehension and biology achievement," *Science Education* 66 (1982): 3–13.
8. Ethan Pancer, Vincent Chandler, Maxwell Poole, and Theodore J. Noseworthy, "How readability shapes social media engagement," *Journal of Consumer Psychology* 29, no. 2 (2019): 262–70.
9. Bin Fang, Qiang Ye, Deniz Kucukusta, and Rob Law, "Analysis of the perceived value of online tourism reviews: Influence of readability and reviewer characteristics," *Tourism Management* 52 (2016):498–506.

10. David M. Markowitz and Hillary C. Shulman, "The predictive utility of word familiarity for online engagements and funding," *Proceedings of the National Academy of Sciences* 118, no. 18 (2021): e2026045118; David M. Markowitz, "Instrumental goal activation increases online petition support across languages," *Journal of Personality and Social Psychology* 124, no. 6 (2023): 1133 145.
11. Alan M. Kershner, "Speed of reading in an adult population under differential conditions," *Journal of Applied Psychology* 48, no. 1 (1964): 25; DuBay, "The Principles of Readability"; Kristopher Kopp, Sidney D'Mello, and Caitlin Mills, "Influencing the occurrence of mind wandering while reading," *Consciousness and Cognition* 34 (2015): 52–62.
12. Shi Feng, Sidney D'Mello, and Arthur C. Graesser, "Mind wandering while reading easy and difficult texts," *Psychonomic Bulletin & Review* 20, no. 3 (2013): 586–92.
13. Michael K. Paasche-Orlow, Holly A. Taylor, and Frederick L. Brancati, "Readability standards for informed-consent forms as compared with actual readability," *New England Journal of Medicine* 348, no. 8 (2003): 721–26.
14. Shauna Reilly and Sean Richey, "Ballot question readability and roll-off: The impact of language complexity,"*Political Research Quarterly* 64, no. 1 (2011): 59–67; Jason C. Coronel, Olivia M. Bullock, Hillary C. Shulman, Matthew D. Sweitzer, Robert M. Bond, and Shannon Poulsen, "Eye movements predict large-scale voting decisions," *Psychological Science* 32, no. 6 (2021): 836–48.
15. Jessica Lasky-Fink, Carly D. Robinson, Hedy Nai-Lin Chang, and Todd Rogers, "Using behavioral insights to improve school administrative communications: The case of truancy notifications," *Educational Researcher* 50, no. 7 (2021): 442–50.
16. Ann Wylie, "What's the Latest U.S. Literacy Rate?" Wylie Communications, May 24, 2022, https://www.wyliecomm.com/2021/08/whats-the-latest-u-s-literacy-rate/.
17. "The State of Languages in the U.S.: A Statistical Portrait," American Academy of Arts and Sciences, December 7, 2016, https://www.amacad.org/publication/state-languages-us-statistical-portrait.
18. "Dyslexia FAQ," Yale Center for Dyslexia & Creativity, March 15, 2023, https://dyslexia.yale.edu/dyslexia/dyslexia-faq.
19. "Federal Plain Language Guidelines," Plain Language Action and Information Network, May 2011, https://www.plainlanguage.gov/media/FederalPLGuidelines.pdf.
20. Uri Benoliel and Samuel I. Becher, "The duty to read the unreadable," *Boston College Law Review* 60 (2019): 2255.

21. Alyxandra Cash and Hui-Ju Tsai, "Readability of the credit card agreements and financial charges," *Finance Research Letters* 24 (2018): 145–50; Paasche-Orlow, Taylor, and Brancati, "Readability standards for informed-consent forms"; Steven Walfish and Keely M. Watkins, "Readability level of health insurance portability and accountability act notices of privacy practices utilized by academic medical centers," *Evaluation & the Health Professions* 28, no. 4 (2005): 479–86.
22. 可讀性研究一般著眼於每個句子包含的字數、音節數，和句子的複雜度。我們的規則就是以這些傳統定義為基礎擴充發展，以便為讀者研擬可行的指引。
23. 雖然網路上普遍認為這句引言出自馬克・吐溫，但我們找不到可信的佐證資料指出他何時、在哪裡說過這句話。
24. "Google Books Ngram Viewer—Google Product," n.d., https://books.google.com/ngrams/.
25. Evan Halper, "These Word Cops Stand Guard to Keep Language Clear and Simple," *Los Angeles Times*, February, 19, 2021, https://www.latimes.com/politics/story/2021-02-19/enemies-opaque-deep-state-intolerant-of-government-incoherence.
26. Markowitz and Shulman, "The predictive utility of word familiarity."
27. David M. Markowitz, Maryam Kouchaki, Jeffrey T. Hancock, and Francesca Gino, "The deception spiral: Corporate obfuscation leads to perceptions of immorality and cheating behavior," *Journal of Language and Social Psychology* 40, no. 2 (2021): 277–96.
28. Daniel M. Oppenheimer, "Consequences of erudite vernacular utilized irrespective of necessity: Problems with using long words needlessly," *Applied Cognitive Psychology* 20, no. 2 (2006): 139–56.
29. "Submission Guidelines: Journal of Marketing," American Marketing Association, August 10, 2022, https://www.ama.org/submission-uidelines-journal-of-marketing/.
30. "Formatting Guide," *Nature*, https://www.nature.com/nature/for-authors/formatting-guide.
31. A. G. Sawyer, J. Laran, and J. Xu, "The readability of marketing journals: Are award-winning articles better written?" *Journal of Marketing* 72, no. 1 (2008): 108–17.
32. DuBay, "The Principles of Readability"; Edward Gibson, "Linguistic complexity: Locality of syntactic dependencies," *Cognition* 68, no. 1 (1998): 1–76.
33. Karolina Rudnicka, "Variation of sentence length across time and genre," in *Diachronic Corpora, Genre, and Language Change*, ed. Richard J. Whitt (Amsterdam: John Benjamins, 2018), 219–40.
34. Mark Liberman, Angela Duckworth, Lyle Ungar, Benjamin Manning, and Jordan Ellenberg, work in progress, 2023.
35. Lisa H. Trahan, Karla K. Stuebing, Merrill K. Hiscock, and Jack M. Fletcher, "The Flynn

effect: A meta-analysis,"*Psychological Bulletin* 140, no. 5 (2014): 1332, https://doi.org/10.1037/a0037173.
36. Liberman et al., work in progress, 2023.
37. Keith Rayner, Gretchen Kambe, and Susan A. Duffy, "The effect of clause wrap-up on eye movements during reading," *Quarterly Journal of Experimental Psychology: Section A* 53, no. 4 (2000): 1061–80; also Keith Rayner, Sara C. Sereno, Robin K. Morris, A. Rene Schmauder, and Charles Clifton Jr., "Eye movements and on-line language comprehension processes,"*Language and Cognitive Processes* 4, no. 3–4 (1989): SI21–SI49.
38. George Washington, "First Inaugural Speech," April 30, 1789, National Archives, transcript, https://www.archives.gov/milestone-documents/president-george-washingtons-first-inaugural-speech; Joseph R. Biden Jr., "Inaugural Address," January 20, 2021, White House Briefing Room, Speeches and Remarks, https://www.whitehouse.gov/briefing-room/speeches-remarks/2021/01/20/inaugural-address-by-president-joseph-r-biden-jr/.
39. Rachel Hvasta, "Ballot Measure Inaccessibility: Obscuring Voter Representation," February 9, 2020, https://www.americanbar.org/groups/crsj/publications/human_rights_magazine_home/voting-rights/ballot-measure-inaccessibility--obscuring-voter-representation/.

第6章　原則（三）：輕鬆導航設計

1. "Army Regulation 25–50: Information Management: Records Management: Preparing and Managing Correspondence," Department of the Army; Matthew Strom, "Bottom Line Up Front: Write to Make Decisions Faster," matthewstrom.com, May 17, 2020, https://matthewstrom.com/writing/bluf/.
2. Martin Baekgaard, Matthias Doring, and Mette Kjargaard Thomsen, "It's not merely about the content: How rules are communicated matters to perceived administrative burden" (paper presented at the 2022 PMRA Conference in Phoenix, AZ, 2022).
3. Darren Grant, "The ballot order effect is huge: Evidence from Texas," *Public Choice* 172, no. 3 (2017): 421–42.
4. Kimberly Schweitzer and Narina Nunez, "The effect of evidence order on jurors' verdicts: Primacy and recency effects with strongly and weakly probative evidence," *Applied Cognitive Psychology* 35, no. 6 (2021): 1510–22.
5. Jamie Murphy, Charles Hofacker, and Richard Mizerski, "Primacy and recency effects on clicking behavior," *Journal of Computer-Mediated Communication* 11, no. 2 (2006):

522–35.

6. 調查是與 Journalist's Resource 合作進行，2022 年 11 月，N = 46,648。
7. "Monthly Due Date," plainlanguage.gov, n.d., https://www.plainlanguage.gov/examples/before-and-after/monthly-due-date/.
8. Alissa Fishbane, Aurelie Ouss, and Anuj K. Shah, "Behavioral nudges reduce failure to appear for court," *Science* 370, no. 6517 (2020): eabb6591.

第 7 章　原則（四）：善用樣式，但過猶不及

1. Paul Saenger, *Space Between Words: The Origins of Silent Reading* (Stanford, CA: Stanford University Press, 1997).
2. 網路調查於 Prolific 進行，2022 年 12 月。
3. "Full Disclosure," Federal Trade Commission, September 23, 2014, https://www.ftc.gov/business-guidance/blog/2014/09/full-disclosure.
4. Yonathan A. Arbel and Andrew Toler, "ALL-CAPS," *Journal of Empirical Legal Studies* 17, no. 4 (2020): 862–96.
5. Mary Beth Beazley, "Hiding in plain sight: 'Conspicuous type' standards in mandated communication statutes," *Journal of Legislation* 40 (2013): 1.
6. Beazley, "Hiding in plain sight," 1.
7. 雖然有些法律要求使用全大寫讓文字醒目，但在其他背景，使用全大寫未必能滿足法律對清晰醒目的要求。事實上，美國聯邦第九巡迴法院在「美國通用融資公司訴巴賽特案」（American General Finance, Inc. v. Bassett, 285 F.3d 882）中寫道：「以為『大寫鎖定』鍵就是『醒目』快速鍵的律師，是被騙了。」請參考https://www.adamsdrafting.com/all-capitals/。
8. "Medicaid Eligibility," plainlanguage.gov, n.d., https://www.plainlanguage.gov/examples/before-and-after/medicaid-eligibility/.
9. 網路調查於 MTurk 進行，2023 年 1 月，N = 1,662。
10. 網路調查於 MTurk 進行，2021 年 2 月，N = 953。
11. 由於這項研究是為一篇探討醒目提示的學術論文進行，我們並未納入將不相干的句子加粗或畫底線的類似情況。但我們預期結果相同：讀者會把加了樣式的文字詮釋為最重要，因此很容易跳過文章其他部分，因此錯失獎金。
12. 網路調查於 MTurk 進行，2021 年 3 月，N =557。

第 8 章　原則（五）：告訴讀者爲什麼該在意

1. Elizabeth Louise Newton, "The rocky road from actions to intentions" (PhD diss., Stanford University, 1990).
2. Sharon E. Beatty and Scott M. Smith, "External search effort: An investigation across several product categories," *Journal of Consumer Research* 14, no. 1 (1987): 83–95; Hanjoon Lee, Paul M. Herr, Frank R. Kardes, and Chankon Kim, "Motivated search: Effects of choice accountability, issue involvement, and prior knowledge on information acquisition and use," *Journal of Business Research* 45, no. 1 (1999): 75–88.
3. Richard E. Petty and John T. Cacioppo, "Issue involvement can increase or decrease persuasion by enhancing message-relevant cognitive responses," *Journal of Personality and Social Psychology* 37, no. 10 (1979): 1915; Richard E. Petty, John T. Cacioppo, and Rachel Goldman, "Personal involvement as a determinant of argument- based persuasion," *Journal of Personality and Social Psychology* 41, no. 5 (1981): 847.
4. Lauren Marie Keane, "Sowing the seeds for grassroots growth: How recruitment appeals impact the calculus of citizen engagement" (PhD diss., University of Notre Dame, 2013).
5. Jacob D. Teeny, Joseph J. Siev, Pablo Brinol, and Richard E. Petty, "A review and conceptual framework for understanding personalized matching effects in persuasion," *Journal of Consumer Psychology* 31, no. 2 (2021): 382–414.

第 9 章　原則（六）：讓讀者容易回應

1. Brigitte C. Madrian and Dennis F. Shea, "The power of suggestion: Inertia in 401(k) participation and savings behavior," *Quarterly Journal of Economics* 116, no. 4 (2001): 1149–87.
2. Eric J. Johnson and Daniel G. Goldstein, "Defaults and donation decisions," *Transplantation* 78, no. 12 (2004): 1713–16.
3. Gretchen B. Chapman, Meng Li, Helen Colby, and Haewon Yoon, "Opting in vs opting out of influenza vaccination," *JAMA* 304, no.1 (2010): 43–44.
4. Felix Ebeling and Sebastian Lotz, "Domestic uptake of green energy promoted by opt-out tariffs," *Nature Climate Change* 5, no. 9 (2015): 868–71.
5. Peter Bergman, Jessica Lasky-Fink, and Todd Rogers, "Simplification and defaults affect adoption and impact of technology, but decision makers do not realize it," *Organizational*

Behavior and Human Decision Processes 158 (2020): 66–79.

6. Jeffrey R. Kling, Sendhil Mullainathan, Eldar Shafir, Lee C. Vermeulen, and Marian V. Wrobel, "Comparison friction: Experimental evidence from Medicare drug plans," *Quarterly Journal of Economics* 127, no. 1 (2012): 199–235.
7. Amos Tversky and Eldar Shafir, "Choice under conflict: The dynamics of deferred decision," *Psychological Science* 3, no. 6 (1992): 358–61; Sheena S. Iyengar and Mark R. Lepper, "When choice is demotivating: Can one desire too much of a good thing?" *Journal of Personality and Social Psychology* 79, no. 6 (2000): 995; Alexander Chernev, Ulf Bockenholt, and Joseph Goodman, "Choice overload: A conceptual review and meta-analysis," *Journal of Consumer Psychology* 25, no. 2 (2015): 333–58; Barry Schwartz, *The Paradox of Choice: Why More Is Less* (New York: Ecco, 2004).
8. Michael Lewis, "Obama's Way," *Vanity Fair*, September 11, 2012, https://www.vanityfair.com/news/2012/10/michael-lewis-profile-barack-obama.
9. John Beshears, James J. Choi, David Laibson, and Brigitte C. Madrian, "Simplification and saving," *Journal of Economic Behavior & Organization* 95 (2013): 130–45.
10. Jimmy Stamp, "Redesigning the Vote," *Smithsonian*, November 6, 2012, https://www.smithsonianmag.com/arts-culture/redesigning-the-vote-111423836/.
11. Jonathan N. Wand, Kenneth W. Shotts, Jasjeet S. Sekhon, Walter R. Mebane Jr., Michael C. Herron, and Henry E. Brady, "The butterfly did it: The aberrant vote for Buchanan in Palm Beach County, Florida," *American Political Science Review* 95, no. 4 (2001): 793–810; see also Craig R. Fox and Sim B. Sitkin, "Bridging the divide between behavioral science and policy," *Behavioral Science & Policy* 1, no. 1 (2015): 1–12.
12. Saurabh Bhargava and Dayanand Manoli, "Psychological frictions and the incomplete take-up of social benefits: Evidence from an IRS field experiment," *American Economic Review* 105, no. 11 (2015): 3489–529.
13. "EITC Participation Rate by States Tax Years 2012 through 2019," https://www.eitc.irs.gov/eitc-central/participation-rate-by-state/eitc-participation-rate-by-states.
14. 研究使用的信件稱呼所得稅收抵免為「所得抵免」或「EIC」。

第 10 章　工具、訣竅、常見問題

1. 調查對象是一門高階主管教育課程的學生，2021 年 2 月，N = 159。
2. Sionnadh Mairi McLean, Andrew Booth, Melanie Gee, Sarah Salway, Mark Cobb, Sadiq

Bhanbhro, and Susan A. Nancarrow, "Appointment reminder systems are effective but not optimal: Results of a systematic review and evidence synthesis employing realist principles," *Patient Preference and Adherence* 10 (2016): 479–99.

3. Dean Karlan, Margaret McConnell, Sendhil Mullainathan, and Jonathan Zinman, "Getting to the top of mind: How reminders increase saving," *Management Science* 62, no. 12 (2016): 3393–411.
4. Peter Baird, Leigh Reardon, Dan Cullinan, Drew McDermott, and Patrick Landers, "Reminders to pay: Using behavioral economics to increase child support payments," *OPRE Report* 20 (2015).
5. Donald P. Green and Adam Zelizer, "How much GOTV mail is too much? Results from a large-scale field experiment," *Journal of Experimental Political Science* 4, no. 2 (2017): 107–18.
6. Cristian Pop-Eleches, Harsha Thirumurthy, James P. Habyarimana, Joshua G. Zivin, Markus P. Goldstein, Damien de Walque, Leslie MacKeen, et al., "Mobile phone technologies improve adherence to antiretroviral treatment in a resource-limited setting: A randomized controlled trial of text message reminders," *AIDS* 25, no. 6 (2011): 825–34.
7. Jessica Lasky-Fink and Todd Rogers, "Signals of value drive engagement with multi-round information interventions," *PLOS ONE* 17, no. 10 (2022): e0276072.
8. Elizabeth Linos, Allen Prohofsky, Aparna Ramesh, Jesse Rothstein, and Matthew Unrath, "Can nudges increase take-up of the EITC? Evidence from multiple field experiments," *American Economic Journal: Economic Policy* 14, no. 4 (2022): 432–52.
9. Dean Karlan and John A. List, "How can Bill and Melinda Gates increase other people's donations to fund public goods?" *Journal of Public Economics* 191 (2020): 104296.
10. Johanna Catherine Maclean, John Buckell, and Joachim Marti, "Information Source and Cigarettes: Experimental Evidence on the Messenger Effect," National Bureau of Economic Research, Working Paper No. 25632, March 2019. To learn much more on this, we also recommend Robert Cialdini's *Influence*.
11. Dan Bauman and Chris Quintana, "Drew Cloud Is a Well-Known Expert on Student Loans. One Problem: He's Not Real," *Chronicle of Higher Education*, April 24, 2018, https://www.chronicle.com/article/drew-cloud-is-a-well-known-expert-on-student-loans-one-problem-hes-not- real/.
12. Erica Dhawan, "Did You Get My Slack/Email/Text?" *Harvard Business Review*, May 7, 2021, https://hbr.org/2021/05/did-you-get-my-slack-email-text.
13. Jessica Lasky-Fink, Jessica Li, and Anna Doherty, "Reminder postcards and simpler emails

encouraged more college students to apply for CalFresh," California Policy Lab, 2022.
14. Katerina Linos, Melissa Carlson, Laura Jakli, Nadia Dalma, Isabelle Cohen, Afroditi Veloudaki, and Stavros Nikiforos Spyrellis, "How do disadvantaged groups seek information about public services? A randomized controlled trial of communication technologies," *Public Administration Review* 82, no. 4 (2022): 708–20.
15. Allison Dale and Aaron Strauss, "Don't forget to vote: Text message reminders as a mobilization tool," *American Journal of Political Science* 53, no. 4 (2009): 787–804.
16. Neil Malhotra, Melissa R. Michelson, Todd Rogers, and Ali Adam Valenzuela, "Text messages as mobilization tools: The conditional effect of habitual voting and election salience,"*American Politics Research* 39, no. 4 (2011): 664–81.
17. Vote.org, "Increasing Voter Turnout—One Text at a Time," *Medium*, June 27, 2017, https://medium.com/votedotorg/increasing-voter-turnout-with-texts-voteorg-e38bd454bd64.
18. Ethan Pancer, Vincent Chandler, Maxwell Poole, and Theodore J. Noseworthy, "How readability shapes social media engagement," *Journal of Consumer Psychology* 29, no. 2 (2019): 262–70.
19. Gemma Fitzsimmons, Lewis T. Jayes, Mark J. Weal, and Denis Drieghe, "The impact of skim reading and navigation when reading hyperlinks on the web," *PLOS ONE* 15, no. 9 (2020): e0239134.
20. Justin Kruger, Nicholas Epley, Jason Parker, and Zhi-Wen Ng, "Egocentrism over e-mail: Can we communicate as well as we think?" *Journal of Personality and Social Psychology* 89, no. 6 (2005): 925–36.
21. Hannah Elizabeth Howman and Ruth Filik, "The role of emoticons in sarcasm comprehension in younger and older adults: Evidence from an eye-tracking experiment," *Quarterly Journal of Experimental Psychology* 73, no. 11 (2020): 1729–44.
22. Aiyana Ishmael, "Sending Smiley Emojis? They Now Mean Different Things to Different People," *Wall Street Journal*, August 9, 2021, https://www.wsj.com/articles/sending-a-smiley-face-make-sure-you-know-what-youre-saying-11628522840.
23. *Friel v. Dapper Labs, Inc. et al.*, 1:21-cv-05837-VM, page 46: https://assets.bwbx.io/documents/users/iqjWHBFdfxIU/rNL9SOS91Xgo/v0.
24. Claus-Peter Ernst and Martin Huschens, "Friendly, humorous, incompetent? On the influence of emoticons on interpersonal perception in the workplace," in *Proceedings of the 52nd Hawaii International Conference on System Sciences* (Grand Wailea, HI, 2019), http://hdl.handle.net/10125/59518.

第 11 章　我們的措辭，代表我們自己

1. Stav Ziv, "Male and Female Co-Workers Switched Email Signatures, Faced Sexism," *Newsweek*, March 10, 2017, https://www.newsweek.com/male-and-female-coworkers-switched-email-signatures-faced-sexism-566507.
2. Ray Block Jr., Charles Crabtree, John B. Holbein, and J. Quin Monson, "Are Americans less likely to reply to emails from Black people relative to White people?" *Proceedings of the National Academy of Sciences* 118, no. 52 (2021): e2110347118.
3. Katherine L. Milkman, Modupe Akinola, and Dolly Chugh, "Temporal distance and discrimination: An audit study in academia," *Psychological Science* 23, no. 7 (2012): 710–17.
4. Daniel M. Butler and David E. Broockman, "Do politicians racially discriminate against constituents? A field experiment on state legislators," *American Journal of Political Science* 55, no. 3 (2011): 463–77.
5. Corrado Giulietti, Mirco Tonin, and Michael Vlassopoulos, "Racial discrimination in local public services: A field experiment in the United States," *Journal of the European Economic Association* 17, no. 1 (2019): 165–204.
6. Corinne A. Moss-Racusin, John F. Dovidio, Victoria L. Brescoll, Mark J. Graham, and Jo Handelsman, "Science faculty's subtle gender biases favor male students," *Proceedings of the National Academy of Sciences* 109, no. 41 (2012): 16474–79.
7. Rachele De Felice and Gregory Garretson, "Politeness at work in the Clinton email corpus: A first look at the effects of status and gender," *Corpus Pragmatics* 2 (2018): 221–42.
8. Carol Waseleski, "Gender and the use of exclamation points in computer-mediated communication: An analysis of exclamations posted to two electronic discussion lists," *Journal of Computer-Mediated Communication* 11, no. 4 (2006): 1012–24.
9. Karina Schumann and Michael Ross, "Why women apologize more than men: Gender differences in thresholds for perceiving offensive behavior," *Psychological Science* 21, no. 11 (2010): 1649–55.
10. Robin Tolmach Lakoff, *Language and Woman's Place* (New York: Harper and Row, 1973).
11. Victoria Turk, "The Problem with Telling Women to Email Like Men," *Vice*, March 11, 2019, https://www.vice.com/en/article/8xyb5v/how-to-write-professional-work-email-women; Amelia Tait, "'Sorry for Bothering You!': The Emotional Labour of Female Emails," *New Statesman*, July 3, 2017, https://www.newstatesman.com/science-tech/2017/07/sorry-bothering-you-emotional-labour-female-emails.

12. Elizabeth Linos, Allen Prohofsky, Aparna Ramesh, Jesse Rothstein, and Matthew Unrath, "Can nudges increase take-up of the EITC? Evidence from multiple field experiments," *American Economic Journal: Economic Policy* 14, no. 4 (2022): 432–52; Elizabeth Linos, Jessica Lasky-Fink, Chris Larkin, Lindsay Moore, and Elspeth Kirkman, "The Formality Effect," HKS Working Paper No.RWP23- 009 (2023).
13. Olivia M. Bullock and Austin Y. Hubner, "Candidates' use of informal communication on social media reduces credibility and support: Examining the consequences of expectancy violations," *Communication Research Reports* 37, no. 3 (2020): 87–98.
14. Anais Gretry, Csilla Horvath, Nina Belei, and Allard C. R. van Riel, "'Don't pretend to be my friend!' When an informal brand communication style backfires on social media," *Journal of Business Research* 74 (2017): 77–89.
15. Indrarini Laksmana, Wendy Tietz, and Ya-Wen Yang, "Compensation discussion and analysis (CD&A): Readability and management obfuscation," *Journal of Accounting and Public Policy* 31, no. 2 (2012): 185–203; Brian J. Bushee, Ian D. Gow, and Daniel J. Taylor, "Linguistic complexity in firm disclosures: Obfuscation or information?" *Journal of Accounting Research* 56, no. 1 (2018): 85–121; John K. Courtis, "Annual report readability variability: Tests of the obfuscation hypothesis," *Accounting, Auditing & Accountability Journal* 11, no. 4 (1998): 459–72.
16. David M. Markowitz and Jeffrey T. Hancock, "Linguistic obfuscation in fraudulent science," *Journal of Language and Social Psychology* 35, no. 4 (2016): 435–45.

Eurasian Publishing Group
圓神出版事業機構
用心與你對話．網野無限寬廣

先覺出版社
Prophet Press

www.booklife.com.tw　　reader@mail.eurasian.com.tw

商戰系列 244

高效工作者必備的秒懂溝通：

哈佛教授教你輕鬆贏得注意力與信賴

作　　者／泰德．羅傑斯（Todd Rogers）、潔西卡．雷斯基—芬克（Jessica Lasky-Fink）
譯　　者／洪世民
發 行 人／簡志忠
出 版 者／先覺出版股份有限公司
地　　址／臺北市南京東路四段50號6樓之1
電　　話／（02）2579-6600．2579-8800．2570-3939
傳　　真／（02）2579-0338．2577-3220．2570-3636
副 社 長／陳秋月
副總編輯／李宛蓁
責任編輯／林淑鈴
校　　對／劉珈盈．林淑鈴
美術編輯／金益健
行銷企畫／陳禹伶．黃惟儂
印務統籌／劉鳳剛．高榮祥
監　　印／高榮祥
排　　版／陳采淇
經 銷 商／叩應股份有限公司
郵撥帳號／ 18707239
法律顧問／圓神出版事業機構法律顧問蕭雄淋律師
印　　刷／祥峰印刷廠
2024 年 6月 1 日　初版

定價400 元　　ISBN 978-986-134-499-7　　

標題既是故事的船桅，也是指南針。寫作時爲了不要走偏，要藉由標題抓住核心，讓創作者不忘初心。我眞心不推薦沒有標題就先開始寫作的艱險航行，這種情況應該要禁止啓航。

——《每天寫，重新寫，寫到最後：
《不便利的便利店》韓國百萬暢銷作家生存記》

國家圖書館出版品預行編目資料

高效工作者必備的秒懂溝通：哈佛教授教你輕鬆贏得注意力與信賴／泰德・羅傑斯（Todd Rogers）、潔西卡・雷斯基—芬克（Jessica Lasky-Fink）著；洪世民 譯. -- 初版. -- 臺北市：先覺出版股份有限公司，2024.6
272 面；14.8 × 20.8 公分（商戰系列：244）
譯自：Writing for Busy Readers: Communicate More Effectively in the Real World
ISBN 978-986-134-499-7（平裝）
1.CST：應用文 2.CST：寫作法 3.CST：溝通
811.1 113005657